책갈피에 내리는 저녁

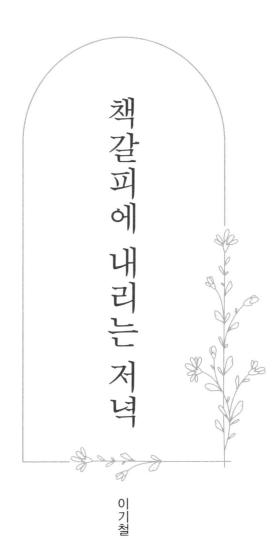

책갈피에 내리는 저녁

이기철 지음

솔과학

책 머리에

햇빛이 오래 머물다 간 자리마다 꽃이 피어납니다. 저녁이 와서 햇빛이 몸을 감추면 별빛이 그 빛을 받아 반짝입니다. 이 시간을 하루라고 부르는 사람들이 아침을 지나 저녁에 닿습니다.

우리가 낮 동안 걸어온 발자국에 빛이 스러지고 풀들이 미금은 향기가 산과 강물과 들판에 남습니다

나는 이러한 시간들이 누구의 가슴에 닿아 슬픔이 되지 않기를 바랍니다. 삶이 한없이 즐겁기만 한 사람도 없지만

삶이 그만 내려놓고 싶어 한숨짓는 사람도 없기를 바랍니다. 하루 일을 마치고 저녁으로 돌아가 이슬에 손을 씻는 사람의 마음을 한 줄의 시로 쓰는 이유가 여기 있습니다. 여기에 있는 글들과 여기에 있는 시들이 당신의 슬픔과 아픔을 잠시라도 씻어주는 이슬비가 된다면 좋겠습니다.

이 책의 제1부는 이와 같은 마음으로 제가 여러 곳에서 독자들과 대화하거나 강연한 내용입니다. 제가 그분들보다 많이 알아서 단壇에 오른 것은 아닙니다. 작고 소담한 이야기이지만 그분들과 함께, 그분들의 표정을 읽고 그분들과 대화를 나누는 시간을 갖는 것이 좋아서 행한 말의 봉지입니다. 제2부는 제가 시를 읽다가 생각한 몇 분의 시에 대한 '생각 주머니'이고 제3부는 오래 전에 『시로 여는 세상』이라는 잡지에 연재한 저의 소심록(素心錄)의 일부입니다. '파르나시앙'은 유럽 낭만주의 다음에 온 규범적이고 도덕적인 경향을 가진 시의 유파를 이르는 명칭입니다. 흔히들 '고답파(高踏派)'라 부르는데 조금은 고전적인 규범을 준수하려는 유럽 시파의 별칭입니다. 저도 갈수만 있으면 고답파의 길을 가고 싶어 택한 글의 제목입니다.

고맙게도 이 책을 손에 잡는 분이 있다면, 그 분의 하루,

그 분의 낮과 밤이 아침 햇빛에 머리를 감은 풀잎처럼 신선하고 향기로워지기를 바랍니다. 그 바람이 제 시의 바람이라고 생각해 주면 더할 수 없이 고맙겠습니다. 글 읽는 시간이 여러분의 마음 챙김의 시간이 될 수 있기를 기원합니다.

2024년 정월, 청도 낙산 <여향예원>

일생 한 번도 외출해 본 적 없는 느티나무 아래서

이기철(李起哲)

제2부

어떻게 읽을까요?

제1부

—

아름다움은　진실

시가 내게로 걸어오는 시간

꽃이 처음 꽃잎을 열 때 무슨 말을 할까요?

나비가 햇살 아래로 날아 나오면서 무슨 생각을 할까요?

방울새가 나뭇가지에 날아와 앉으면서 무슨 마음을 노래할까요?

이런 생각들을 하고 그 대답을 글로 써보는 것이 시의 출발입니다. 시에 쓰이는 말이 반드시 멋지고 유식한 말들이어야 하는 건 아닙니다. 반드시 아름답고 화려한 문장의 옷을 입어야 하는 건 아닙니다.

무지개를 보면 내 가슴은 뛰누나

이같이 너무도 단순하고 어린아이다운 생각으로 시인은 시를 출발하고 있지 않습니까. 이 단순하고 어린아이다운 말이 윌리엄 워즈워드의 그 유명한 「무지개」의 첫 구절입니다.

때는 봄
날은 아침
아침은 일곱 시
언덕은 구슬 같이 맺힌 이슬
종달새 높이 떠 노래 부르고
달팽이는 덤불에 고요히 기고
모든 세상은 아름다운 것뿐!

로벗 브라우닝의 「봄날 아침」도 마찬가지입니다.

왜 영국 시인뿐이겠습니까?

죽는 날까지 하늘을 우러러 한 점 부끄럼이 없기를
잎새에 이는 바람에도 나는 괴로워했다

우리 모두가 사랑하는 윤동주의 「서시」의 첫 구절 아닙니까.

못 잊어 생각이 나겠지요
그런대로 한세상 지내시구려
사노라면 잊힐 날 있으리다

함부로 쏜 화살을 찾으려 함초롬 이슬에 휘적시던 곳

위의 것은 김소월의 「못 잊어」, 뒤의 것은 정지용의 「향수」의 일부분입니다.

이만하면 여러분과 저는 지금 시가 태어나는 화사한 여행길을 함께 하고 있는 것입니다. 이쯤이면 시가 하는 말에 귀를 기울이시 않을 수가 없습니다.
우리가 조용한 마음으로 사물을 들여다보면 사물은 제 속엣 말을 다 전해줍니다. 그것이 꽃나무라면, 간밤에 서리가 내렸다든지, 그래서 몹시 추웠다든지, 물이 없어 목이 마르다든지, 그것이 새라면, 동무가 보고 싶다든지, 내 머리 위에 황사를 뿌리지 말라든지, 자동차 매연이 싫다든지…….

 사물들의 말, 그렇습니다. 사물들이 말을 합니다. 그리고 그 말을 들을 수 있는 귀를 가진 사람이 시인입니다. 그들의 말에 귀 기울일 준비? 그것은 마음을 조용히 가라앉히는 일입니다. 뛰어가면서, 시속 100킬로로 운전을 하면서, 손가락으로 돈을 세면서는 그들의 말을 들을 수가 없습니다. 지금 잘못을 저질러 쫓기는 시간이라면, 지금 죄를 지어서 경찰에 쫓기는 사람이라면, 그들의 말이 귀에 들어올 리 있겠습니까? 최대한 가장 조용한 마음으로, 가장 편안한 마음으로 사물의 말을 들을 준비를 해야 합니다. 남을 미워하는 마음보다 남을 사랑하는 마음, 마치 연인의 말에 귀가 쏠리고 온 몸이 그에게로 기우는 마음 같으면 더 좋습니다.

 바쁜 세상에 언제 그런 조용한 시간을 갖느냐고 반문하고 싶을지도 모르겠군요? 그렇습니다. 그러나 그것은 마음먹기에 달렸습니다. 분주한 시간을 쪼개어 단 십 분이라도 조용한 여유를 가질 수 있으면 그것은 가능합니다. 그렇게 하는 것은 생활의 슬기이고 삶의 지혜입니다. 바쁘다 바쁘다 하는 것은 사실은 생활에 내가 아귀아귀 먹히고 있는 것입니다. 생활을 부리어 쓸 줄 아는 것이 지혜입니다. 그러니까 시간과 생활을 내게로 끌고 와서 내 방식대로 달랠 수 있어야 합니다. 그러면 생활과 시간이 나에게 순한 짐승처럼, 귀여운 반려견처럼 아장아장 나를 따라올 것입니다.

그때 여러분은 시를 외거나 시를 쓰거나 할 수 있습니다. 꼭 시가 아니어도 괜찮습니다. 그런 시간에 여러분은 음악을 들어도 좋고 그림을 그려도 좋습니다. 그러나 저는 그런 시간에 시를 읽거나 쓰라고 권하고 싶습니다.

최고의 말을, 최상의 말을 멋지게 수식해야 시가 된다는 생각을 버리십시오. 내가 하고 싶은 말을, 내가 하고 싶은 대로 쓰면 됩니다. 그것도 어려우면 시를, 아무 욕심 없이 외워보는 것도 좋습니다. 종달새처럼 외워보세요. 앵무새처럼 외어보세요. 그러면 어느덧 여러분은 시 낭송가가 되고 나아가 시인이 된 것입니다.

어느 날 저에게 한 여성이 전화를 걸어왔습니다. 목소리로 보아 40대 중반쯤이 아닐까 생각되었어요.

선생님, 저도 시를 쓰고 싶은데, 어떻게 하면 시를 잘 쓸 수 있습니까?

저는 한참 동안 대답을 하지 못했습니다. 뭐라고 말해야 좋을지를 생각하느라 한참 동안 망설였습니다. 그러다 말했어요.

'시를 많이 읽으세요'

그리고 전화는 끊어졌습니다. 저는 전화를 끊고 나서 생각했습니다. 이렇게 말해줄 것을, 하고 말이에요.

어떻게 하면 시를 잘 쓸 수 있냐구요? 그걸 알았으면 저도 이렇게 시 때문에 고심하지 않을 것입니다. 저는 그걸 알려고 50년이 넘게 고민하고 있는데 당신은 그걸 2분 만에 알려고 전화를 걸었군요.

그러나 그런 대답을 하면 그 분이 실망했겠지요.

또 있습니다. 대구시 남구에 가톨릭문화관이 있습니다. 여기에 있는 수녀 한 분이 저에게 전화를 걸어왔어요. 이름은 클라라, 라고 했던 것 같아요. 오래 전 일입니다. 그분이 저를 꼭 한 번 만나고 싶다는 거예요. 그런데 그분은, '제가 수녀복을 입고 아파트로 가기가 어려우니 제가 사는 '카톨릭문화관으로 좀 오실 수 없겠느냐'는 것이었어요. 그래서 제가 며칠 후 그리로 갔습니다. 그분은 매우 총명하게 보이는 맑은 얼굴을 한 수녀였어요. 그리고 많은 이야길 하더군요. 이탈리아에 가서 10년 넘게 신학을 공부하고 온 이야기를 길게 했어요. 저는 듣기만 했습니다. 그리고는 자신이 쓴 시를 좀 읽어달라는 것이었어요. 그런데 시가 한두 편이 아니라 대학노트 3권 분량이었어요. 그래도 거절

할 수 없어 3권을 받아 집으로 가져왔습니다. 그리고 몇 시간 정도, 그 노트를 읽어보았는데 그건 시가 아니라 그 분의 사생활의 기록, 그것도 정리가 전혀 안 된 난필의 기록이었습니다. 말하자면 '잡기장'이었어요. 그때 저는 생각했습니다. 시를 쓰는데 반드시 많은 공부가 필요하진 않다는 것을, 지식이 바로 시가 되는 것은 아니라는 것을.

이렇게 쓰고 있는 동안 저 창밖에 무수히 달린 벚꽃이 땅으로 지고 있네요. 이렇게 화사한 시간이 혹은 슬프고 아프고 아름다운 시간이 시가 되어 여러분에게로 걸어오기를 바랍니다. 그리고 그 시간이 여러분의 마음속에 오래오래 남길 바랍니다. (길 위의 인문학, 경주 강의, 2015. 3. 12)

아름다움은 진실

퍼시 비세 셸리, 오스카 와일드, 레이몬드 카버

아름다움은 진실, 진실은 아름다움

저것만이 모든 것 (셸리, 서풍부)

(Beautiful is truth, truth is beautiful

That's the allthing) (P.B shelley 「Ode to the west wind」)

300년 전 낭만주의 시대의 시라고 얕보지 말아야 합니다. 예술은 한자로 쓰면 藝術, 이 말의 어원은 재주와 기술입니다. 서양에서도 'Art'는 본디 손재주를 가리켰습니다. 어떤 주장에 따르면 詩도 본래는 言과 手와 寺의 합성어라고 합니다. 말(言)의 사원(寺) 안에 손(手)이 들어간 것이지요. 손 없이는 예술을 할 수가 없는 것이라는 뜻이겠지요.

그래서 영어의 포엠(Poem)의 어원에도 메이크(make)가 들어 있답니다. 그러니까 시, 포에트리(Poetry)는 '만들어진 것'(be made)이라는 뜻을 지니고 있습니다. 무엇에 의해 만들어졌습니까? 손에 의해 만들어졌지요. 예술과 손은 불가분의 관계입니다.

오, 거센 서풍이여, 그대 가을의 숨결이여!

보이지 않는 너의 존재로부터 죽은 잎새들은

마치 마법사로부터 도망치는 유령처럼 달아나는구나

누르스름하고, 검고, 창백하며, 병에 걸린 듯한 빨간

역병에 고통 받는 무리들

오, 그대 서풍은 날개 달린 씨앗들을

어두운 겨울의 침상으로 몰아간다

(……)

꿈꾸는 대지 위에 나팔을 불어대고

– 향기로운 꽃봉오리들을 양떼처럼 대기 속에서 기르기 위해 몰고 가면서 –

언덕과 들판을 아름다운 색조와 향기로 가득 채울 때까지

거센 정령이여, 그대는 모든 장소를 돌아다니는구나!

파괴자인 동시에 보존자여, 내 말을 들어다오, 들어다오

이 시는 셸리의 「서풍부」입니다. 전체 5연으로 된 긴 시
인데 1연만 읽어드렸습니다. 서풍에 대해 이렇게 멋지고
아름답게, 절실하고 팽팽하게 표현한 시가 일찍이 없었지
요. 그리고 시의 끝 부분에서 독자를 후려치는 빼어난 구절
하나, 이 구절 하나가 이 시를 세기의 기념비가 되게 하지
않았습니까.

예언의 나팔이 되어 다오, 오 바람이여

겨울이 오면 봄인들 멀 수 있으랴

(The Trumpet of a Prophecy! O Wind

if Winter comes, can Spring be far behind)

퍼시 비세 셸리(1792-1822)는 만 서른 살만 살고 죽은
시인입니다. 그런 셸리를 우리가 지금 특별히 기억할 이유
가 있습니다. 우리가 그를 경모하는 이유는, 그가 죽기 2
년 전에 쓴 그의 대표작 「서풍부Ode to the west wind」와 「종
달새에게To a skylark」 때문입니다. 300년이 지난 지금도 그

시들을 읽으면 그 안에 참으로 아름다움과 높음과 슬픔과 기쁨이 들어있는 것을 볼 수 있습니다. 셸리는 소년시절부터 반항아였고 옥스퍼드의 유니버시티 칼리지 재학 시절 「무신론의 필요성」이라는 팸플릿을 출판했다가 학교로부터 퇴학까지 당한 청년이었습니다. 19살 때 헤릿 웨스트부룩과 결혼했고, 얼마 뒤, 무정부주의자 윌리엄 고드윈(W. Godwin)의 딸 메리와 사랑에 빠져 대륙으로 도피, 이 일로 아내가 런던 하이드 공원 호수에 투신자살하기까지 했지요. 그런 그가 문학에만 정념을 불태워 이탈리아에서 배를 타고 오는 비평가 리 헌트(Leigh Hunt)를 마중 가다가 배 위에서 스콜을 만나 익사합니다. 그의 짧은 생애가 슬프고 아름다운 한 편의 드라마라 할 수 있지요.

그런 삶 속에서도 그가 신앙처럼 외친 말이 이것입니다.

아름다움은 진실, 진실은 아름다움, 저것만이 모든 것
(eautiful is truth, truth is beautiful / That's the all thing)

아름다움은 신성한 것입니다. 천박한 아름다움은 아름다움이 아니지요. 예술의 궁극적 목표는 누구도 말하지 못하고 누구도 발견하지 못한 아름다움의 발견입니다. 그런 면에서 함께 생각해 볼 사람이 있습니다. 아일랜드 출신 오스카 와일드(Oscar Wilde)지요.

정말 슬픈 일이에요! 나는 늙고 끔찍하고 흉해지는데 이 초상화는 영원히 젊은 모습으로 남아 있겠지요, …… 그 반대면 얼마나 좋을까요! 내가 늘 젊은 상태로 남아있고 초상화가 대신 늙어간다면 얼마나 좋을까요! 그걸 위해서라면 - 정말 그럴 위해서라면 - 난 무엇이든 할 수 있어요! 그래요, 이 세상에 내가 주지 못할 게 없어요! 그걸 위해서라면 내 영혼을 내줄 거예요!'

그의 유명한 소설 『도리언그레이의 초상Picture of Dorian gray』의 한 구절입니다. 자신의 초상은 젊고 아름답게 남아 영원 속에 편입되겠지만 그 초상을 남긴 자신은 나이 먹으면 곧 늙고 병들고 추해질 것이기 때문에 스스로가 스스로의 초상을 칼로 찢으며 통한의 목소리로 외치는 말입니다. 로맨틱을 넘어 바로 '아름다움만이 전부'라고 믿는 유미주의자(唯美主義者)의 한 모습이지요.

와일드의 문학에 대한 신념을 들어볼까요?

- 예술가란 아름다운 것을 창조해 내는 사람이다.
- 예술을 드러내고 예술가 자신은 숨기는 것이 예술의 목적이다.
- 비평가란 아름다운 것에 대한 자신의 소감을 다른 형식 혹은 전혀 새로운 내용으로 옮겨 놓는 사람이다.
- 비평 중의 최고이자 가장 질 낮은 형태는 자서전이다.
- 아름다운 것 속에서 추악한 의미를 찾는 자들은 타락한 자들이고 매력적이지도 않다. 이것은 정말 잘못이다. 아름다운 것에서 아름다움을 찾는 자들은 교양 있는 자들이다. 이들에게는 희망이 있다. 이들에게는 아름다운 것이란 오로지 아름다움으로 비춰지는 선택된 자들이다.
- 세상에 도덕적인 책이나 비도덕적인 책이란 없다
- 책이란 잘 씌어졌거나 아니면 형편없이 씌어졌거나 둘 중 하나일 뿐이다. 19세기 사람들이 현실주의를 혐오한 것은 유리 속에 자신의 얼굴을 비쳐본 칼리반이 화를 내는 것과 마찬가지다.

그런데 이러한 아름다움의 반대 켠에 무얼 놓아야 할까요? 아름다움의 반대는 추함이 아닙니다. 무미건조, 평범

함, 사소함, 지루함입니다. 저는 그것을 미국의 소설가 레이먼드 카버의 소설에서 발견합니다. 지난 주(2016년 2월) 교보문고에 나가 사 온 2권의 책, 레이먼드 카버(Raymond Carver)의 『대성당』과 『사랑을 말할 때 우리가 이야기하는 것』에서 저는 그것을 보았습니다. 특히 『대성당』을 사게 된 것은, 시를 쓰다가 인기 작가로 변신한 김연수라는 젊은 소설가의 번역이라는 것과 이 책의 띠지에 새겨놓은 광고문 '의심의 여지없이 레이먼드 카버는 나의 가장 소중한 문학적 스승…' 이라는 무라카미 하루키의 말 때문이었습니다. 사실은 저도 속는 셈 치고 산 책입니다. 왜냐하면 저는 무라카미 하루키의 소설을 좋아하지 않기 때문입니다. 저는 그의 『태엽 감는 새』와 『노르웨이의 숲』을 읽고 크게 실망한 일이 있습니다. 『태엽 감는 새』라는 소설의, 아무 이야기도 없이 페이지만 채운 듯한 소설, 너무도 일상적인 이야기를 그저 손재주로만 끌고 가는 건조한 묘사, 『노르웨이의 숲』에 묘사된 청춘남녀의 성애의 묘사들, 무얼 이야기하려는 지도 종잡을 수 없는 허접한 줄거리를 가진 소설. 아니나 다를까? 카버의 책 2권은 하루키의 그것만도 못한, 하루키의 솜씨의 반도 따르지 못하는, 함량미달의 소설, 저는 처음의 기대가 무너지는 소리를 들으면서 그래도 몇 편을 읽었습니다. 『대성당』의 「대성당」외 4편을 읽었을 때 그런 허무를 느꼈습니다. 그리고 다른 책,『사랑을 말할 때 우리가 이야기하는 것』의 17편의 단편 가운데 3편을 읽었을 때 저는 도저히 참을 수 없어 책을 던져버렸습니다. 전달하고자 하는 것이 아무 것도 없다는 느낌, 그렇다고 '내용 없는 아름다움'도 아닌 이야기들. 미안하지만 또 있습니다. 신문에는 수 주 동안 베스트셀러라고 소개되었던 일본 소설, 히가시노 게이코의 『나미야 잡화점의 기적』이 바로 그것입니다. 이런 책이 베스트셀러라는 것은 참 한심하고 어떤 독자들이 무슨 맘으로 이 소설을 좋아했을까가 궁금하기까지 한 책입니다.

 그렇습니다. 한 권의 소설에, 아름다운 구절도 없다, 깊이 있는 사색도 없다, 꿀벌의 날개짓 소리도 없다, 참신하고 뇌쇄적인 사랑이나 도에 넘은 섹스 이야기도 없다. 그러면 무엇 때문에 소설을 읽겠습니까? 대부분의 단편이 쓰다가 손이 아파 그만 두어버린 듯한, 중학생이 방학숙제로 낸 잡록 같은 소설들 말입니다. 그런데도 『대성당』은 모두 21쇄를 했다고 합니다. 역시 하루키의 말 때문이고 책날개에 달린 '퓰리처상 후보'에 올랐다는 과장 선전 때문일 것입니다. 워싱턴 포스트의 기사대로라면, 카버는 '자신이 바라보

는 그대로 이 세계를 표현하고 드러내는 작가'는 될지언정,
인생의 위독, 삶의 홍분과 신비를 드러낸 작가는 못 되는
것 같습니다.

　아름다움, 적어도 아름답다, 라는 리본을 단 작품이 되려
면 이 시처럼은 되어야 합니다.

　　지는 해의 금빛 찬란한 광휘 속에서
　　구름은 반짝이고
　　너는 그곳에 떠서 달리는구나
　　치닫기 시작한 환희의 혼처럼 지칠 줄 모르고

　　너 날아가는 주위에선. 연보라 빛 저녁 녹아가고
　　대낮 하늘의 별처럼
　　보이지는 않으나 귀를 찢는 네 환희 들리는구나

　　즐거운 소리의 모든 음악보다
　　책에서 발견되는 모든 보배보다
　　시인에게는 네 노래 솜씨 더 좋으리라
　　너 땅을 멸시하는 자여

P.B 셸리 「종달새에게」 3, 4, 20연

(산상시 낭송회, 덕유산 향적봉, 강연, 2015. 3. 7)

연애하듯 시를 쓰라

오늘은 아름다운 바닷가 아담한 팬션에 와서 여러분과 함께 이야기하는 즐거움을 가지게 되었습니다. 어젯밤은 마침 유머감각이 뛰어난 민용태 시인과 방을 같이 쓰면서 오랜만에 마음 놓고 큰 소리로 웃을 수 있는 시간을 가졌습니다. 남을 즐겁게 하거나 웃길 수 있는 것은 큰 재능 아닙니까. 민시인은 그런 재능을 타고 난 분인 것 같습니다.

지금 보니, 여기 계신 분들은 대부분 대학생으로 보이네요. 꿈 많은 대학생 문사들, 이 얼마나 탐스럽고 자랑스런 명사입니까. 나도 여러분들과 같은 시절이 있었습니다만, 그 때 나는 내게 주어진 시간을 어떻게 사용해야 최선의 사용이 되는지를 모르고 허송세월했던 것 같아 지금은 조금 후회가 되기도 합니다. 그런 반성과 후회는 늘 시간과 세월이 지난 뒤에 오는 듯합니다.

앞서 소설가 이기호씨가, 소설을 쓸 때는 전쟁 치르듯 쓰라, 고 하는 말을 여러분은 들었을 것입니다. 작품을 쓰려면 치열하게 쓰라는 말이겠지요. 그런 열정으로 써야 좋은 소설을 쓸 수 있다는 말 아니겠습니까. 그런데 나는 그 말을 조금 바꾸겠습니다. 시는 '연애하듯 쓰라' 고 말이에요. 소설과 시는 같은 문학이지만 쓰는 정신과 방법은 아주 다릅니다. 소설은 픽션이고 픽션인 만큼 플롯이 있어야 합니다. 그러나 시는 허구보다는 생생하고 플롯보다는 즉물적 정감이 필요합니다. 사물을 유심히 보고 거기서 느끼는 정감을 언어로 옮기는 작업이 시입니다. 사물을 보고 그것의 말을 언어로 옮기는 일이 쉬운 일은 아니지만, 거기에 꼭 필요한 것은 그것과 연애하는 마음입니다. 사랑하는 사람과 함께 있을 때 그의 눈동자 속에 들어가 그의 마음을 읽고 그리고 솟아나는 마음을 언어로 속삭이는 것, 그런 마음으로 시를 쓰라는 것입니다. 그것이 설령 저항시라 하더라도 시의 출발은 그래야 한다고 나는 생각합니다.

그러나 오늘은 너무 무거운 이야길 하는 것보다 가볍고 상큼한 이야기를 하는 게 좋을 것 같습니다. 고백하건데,

나는 40여 년을 시를 써왔고 시를 쓰는 즐거움과 고충도 조금은 알고 있습니다. 그런데 요즘은 웬일인지 자꾸만 동화와 동시를 쓰고 싶어지는군요. 기실 나도 수 년 전에 『나무는 즐거워』(비룡소)라는 동시집 한 권을 낸 적이 있습니다만, 그래서인지 지금은 더욱 동화, 동시에 애착이 갑니다.

여러분이나 나나 모두 소년시절엔 몇 편의 동화나 동시를 읽고 외면서 자라지 않았습니까. 나는 그때 읽었던 동화들이 지금 많이도 그리워집니다. 예를 들면, 메테를링크의 『파랑새』라든지, 쉘 실버스타인의 「아낌없이 주는 나무」 같은 것 말입니다. 생택쥐페리의 『어린왕자』는 너무 유명하니까 거론할 필요조차 없겠지요. 나에게 남은 문학의 꿈이 있다면 『어린왕자』와 같은, 아련하고 달콤하고 파릇파릇하고 송알송알한 동화 한 편 남겨놓는 일입니다. 그러나 그게 어찌 쉬이 되는 일이겠습니까. 꿈이 그렇다는 거지요.

치르치르와 미치르 남매는 파랑새라는 행복을 찾아서 온 세상을 떠돌았지만 파랑새를 찾지 못하고 지친 몸으로 집으로 돌아왔는데 돌아와 보니 자기 오두막에 파랑새가 있더라, 는 동화 『파랑새』, 제 가지에 그네를 매고 놀던 아이가 세상에 나가 실패를 거듭하면서 그때마다 나무한테 와서 가진 것을 달라고 졸라, 나무는 제 가진 열매며 가지며 둥치까지 다 내어주고 마지막엔 몸을 잘라 둥글고 넓은 의자가 되어준다는 「아낌없이 주는 나무」. 이런 동화는 얼마나 재미있고 마음 아리는 이야기입니까.

그러나 오늘은 동요 이야기도 조금 곁들일까 합니다.

푸른 하늘 은하수 하얀 쪽배엔
계수나무 한 나무 토끼 한 마리
돛대도 아니 달고 삿대도 없이
가기도 잘도 간다 서쪽 나라로

이 노래를 모르는 사람은 없을 것입니다. 윤극영 선생의 「반달」 아닙니까. 그 분의 대표작이고 그분 스스로 작사 작곡까지 한 빼어난 동요지요. 그 분의 짧고 재미있는 글 한 토막을 여기 옮길까 합니다.

초가집 추녀 끝에 달린 고드름은 노랗다 못해 진한 흙빛을 내기도 했고 기와집 고드름은 하얘지려다 하늘빛이 되기도 했습니다. 진흙빛 하늘빛 고드름들이 서로 제 자랑을 했던가 봐요. 곧잘 어린이들은 이것저것 따들고 신나게 고드름 칼쌈을 했던 것입니다.

이를테면 하늘이냐 땅이냐 부딪뜨리며 서로 지지 않자고 했는데 웬일인지 딩.동.댕하면서 고드름들이 몇 번이나 동강이 났지 뭡니까. 쌈은 무슨 쌈?

그래서 어린이들은 두 주먹만 남아 다시 고드름을 찾았지만 그동안 손아귀에 들었던 고드름마저 녹아버리고 말았습니다. 아무 것도 없구나. 은연중 고드름이 쌈을 말린 셈이 됐어요.

두 어린이는 손 놓고 찡긋쨍긋 한참 웃어댔습니다.

다시금 차디찬 바람이 불어오고 따스한 햇볕이 스며드는 산기슭 외딴 집에 은빛 고드름이 크게 크게 보였습니다. 자 그럼 우리 저 옛날의 고드름 노래하나 불러 보자구요.

고드름 고드름
수정 고드름
고드름 따다가 발을 엮어서
각시방 영창에 달아놓아요

각시님 각시님
안녕하세요
낮에는 햇님이 문안 오시고

밤에는 달님이 놀러오셔요

고드름 고드름
녹질 말아요
각시님 방안에 바람 들면은
손 시려 발 시려 감기 드실라

윤극영 「고드름」 전문

나이 들면 우리는 누구나 동심을 잃어갑니다. 그런데도 일생을 동심의 심지를 돋우면서 동요에 마음을 심고 가꾸었던 선생의 삶이 부럽습니다. 큐비즘의 선구자인 피카소도 일흔이 넘어서 이렇게 말하지 않았습니까.

'내가 아이의 눈으로 사물을 보게 되기까지는 5십 년이 걸렸다'고 말입니다. (한국시문화협회, 안면도 강연, 2009. 8. 17)

무슨 가슴으로 세상을 사랑하랴

당나라의 시인 두보(杜甫)는 생애 동안 1,457수의 시를 썼습니다. 시만 쓰면서 가난하게 살았던 그인지라 나중에는 고을 현감의 잔치에 가서 너무 많이 먹어 배가 터져 죽었다고 합니다. 위가 고장이 났던 거지요. 소동파를 좋아했던 고려 때 문인 이규보는 과거시험에 세 번이나 낙방을 했지만 워낙 뛰어난 글재주 때문에 무신정권에 의해 관리로 특채되었습니다. 그가 남긴 시는 2천 수를 헤아리지만 실지로는 일만 수가 넘을 것이라는 연구자들의 주장이 있습니다. 『레미제라블』을 쓴 빅토르 위고는 시만으로도 15만 3천 8백 37수를 썼습니다. 그렇다면 일흔세 살을 산 이규보는 생애 동안 하루도 빠지지 않고 한 편씩을, 여든두

살을 산 위고는 하루에 일곱 수의 시를 매일 거르지 않고 쓴 셈입니다.

글도 오래 써보면 인이 배깁니다. 소위 문사라는 사람들은 어찌 보면 한가한 사람처럼 늘 빈둥거리는 것 같지만 그의 머릿속에는 항상 무엇인가가 가득 차 있고 무엇인가가 꿈틀거리고 있습니다. 그리고 그들은 하루도 읽지 않거나 쓰지 않으면 마음 한 구석이 허전해서 못 견딥니다. 그것이 설령 낙서쪼가리에 불과하다 해도 무엇인가를 읽거나 씁니다. 그런 습관도 후천성 불치병에 속한다고 할 수 있겠지요.

저는 스물에는 '여백'이라는 말을 좋아했고 서른에는 '불타는 영혼'이라는 말을 좋아했지만 마흔이 넘어서는 '정신의 열대'라는 말을 좋아했습니다. 지금은 '사람'이라는 말에 애착이 있어서 시집에도 「내가 만난 사람은 모두 아름다웠다」「사람과 함께 이 길을 걸었네」「사람이 있어 세상은 아름답다」「사람의 저녁상」「아름다운 사람」「물 긷는 사람」 등의 제목을 붙인 시와 '사람 아니면 누구에게 그립다는 말을 전할까' '내 아는 사람에게 상추잎 같은 편지를 보내고 싶다' 같은 시의 구절이 들어있는 시가 숱하게 있습니다. 그런 글 제목들도 대부분 책을 읽거나 쓰면서 생각한 말들입니다. 만나고 보면 옥이 되는 말도 있고 독이 되는 말도 있습니다. 옥은 지녀야 하고 독은 버려야 몸에 이롭습니다.

책을 읽지 말고 책을 먹어라, 라고 말하면 웃을는지도 모르겠습니다. 책을 먹으라니? 산양도 아닌데 종이를 먹으란 말인가? 라고 물어올 사람이야 없겠지만, 저는 이 말을 아낌없이 그리고 자주 하는 셈입니다. 그 말이 과장이라고 믿는 사람이라면 책을 읽지 말고 책을 심어라, 라고 고쳐 말하면 좋을 것 같네요. 어디에? 마음에! 책을 마음에 심으려면 읽는 것보다 외는 것이 좋겠습니다. 그러나 산문을 외우기는 어려울 터이니 시를 외우면 좋을 것 같습니다.

저는 가끔 선배시인들에 대한 질투를 느낍니다. 훌륭한 시들은 대부분 그렇지만 시를 읽다가 너무 좋은 시를, 너무 좋은 말을 만나면 그만 가슴이 짜릿한 전율과 질투를 느낍니다. 이때의 질투란, 선배 시인들이 좋은 표현을 먼저 다 썼다는 데서 오는 부러움입니다. 그들이 좀 남겨두었더라면 아니 그들이 좀 비워두었더라면 지금 내가 그런 멋진 말을 시에 쓸 수 있을 터인데, 이미 그 말들은 선배 시인들이 다 했기 때문에 제게는 사용할 권한이 없어진 것이라는 질투입니다. 기득권을 빼앗긴 것입니다. 그걸 다시 그와 비슷하게 쓴다면 어찌 됩니까? 표절이 되고 모방이 되겠지요. 표절과 모방은 훔치는 것, 그래서 호된 벌이 기다리지 않습니까. 미국 예일대학교에서 문학을 가르쳤던 해럴드 블룸(Harold Bloom)은 밀턴 시대 이후의 후배들이 밀턴에게 빚진 문학적 영향을 근심한다는 뜻으로 '영향에의 근심anxiety of Influence'이라는 말을 했지만 그 역시 토론토대학의 선배 학자 노드럽 프라이(Northrop Frye)를 존경하고 따랐기에 그의 영향을 염려해서 이런 책을 썼다고도 합니다.

제가 질투를 느끼는 좋은 시구들은 이런 시나 시 구절들입니다. '뜨거운 노래는 땅에 묻는다'(유치환) '청노루 맑은 눈에 도는 구름'(박목월) '함부로 쏜 화살을 찾으러 풀섶 이슬에 함초롬 휘적시던 곳'(정지용) '찬란한 슬픔의 봄'(김영랑) '나는 이 세상에서 가난하고 외롭고 높고 쓸쓸하니 살아가도록 태어났다'(백석) '내 너무 별을 쳐다보아 별들은 더럽혀지지 않았을까'(이성선) 등등. 어찌 이뿐이겠습니까?

그러나 그런 구절들에 질투만 할 것이 아니라 그런 구절들을 흡수하고 빨리 내 것으로 만들어서 그것이 내 시의 혈맥이 되어야 그 시가 내 시가 됩니다. 그러나 그렇게 되는 일 또한 그리 쉬운 일이 아닙니다. 다른 사람의 시가 좋아서 읽고 외는 일은 많이 할수록 좋지만 그 시들이 내 핏

속에 스미어 혈맥이 되지 않으면 내 시라 할 수가 없습니다. 음악의 예를 들어 볼까요? 모차르트가 왜 뛰어난 작곡가입니까?

35살을 일생으로 마감한 모차르트는 5살 때 벌써 미뉴에트의 소품을 작곡한 천재 소년이었답니다. 미뉴에트는 4분지 3박자를 중심으로 하는 우아하고 빠른 춤곡입니다. 그가 살았던 18세기 후반은 예술가들이 모두 가난했던 시대였지요. 그래서 작곡가들은 대부분 궁중이나 귀족들에 기탁한 삶을 살았고 궁중이나 귀족들의 요청에 의해 작곡을 했습니다. 모차르트도 처음엔 그러한 궁중의 요구에 맞는 작곡을 했었지요, 바로 「대관식」이 그런 곡입니다. 이 곡은 모차르트가 32살 때 쓴 곡인데 그를 궁정 작곡가로 채용해 준 오스트리아 황제 요제프 2세가 죽고 레오폴트 2세가 즉위할 때 그 대관식에 초청을 못 받아 자비로 이 곡을 만들어 연주했다고 합니다. 별로 성공한 작품은 아니지만, 궁정의 보호가 예술가들에게 크나큰 영향을 주고 있다는 증좌는 됩니다. 그러다 보니 자연히 작곡가들의 작품이 궁중과 귀족의 취향에 맞는 음악으로 흐를 수밖에 없지요. 헨델이나 하이든이나 다 그런 작곡가들입니다. 그런데 모차르트는 달랐습니다. 모차르트도 처음엔 그런 주문을 받아 작곡을 했지만 곧 그는 그런 강요된 작품, 패턴화된 작곡을 떠나 자신이 하고 싶은 작곡 양식을 찾아 나갑니다. 그랬기에 선배 작곡가들과는 다른 독창적인 작곡이 가능했던 거지요. 「돈 지오반니」는 모차르트의 33살(1797년)때 작품입니다. 만년에 쓴 작품이지요. 너무도 가난하고 여러 가지 병을 앓았던 그가 짧은 생애 동안 그렇게 훌륭한 곡을 쏟아낸 것은 그의 천재와 그의 노력의 산물 아니겠습니까.

시 이야기를 하다가 음악 이야기를 했습니다만, 여러분들은 모두 시인 아니면 시 낭송가들입니다. 시 아니고, 책 아니면 무슨 가슴으로 세상을 사랑하겠습니까? 그리고 시 아니고 책 아니면 무슨 가슴으로 세상을 아름답게 색칠할 수 있겠습니까? 날아가는 재비둘기, 양지쪽에 앉아 조는 고양이, 생기로 반짝이는 다람쥐의 눈빛, 추위가 몰려오는데도 집에 갈 생각을 않는 산등성이의 어린 염소 떼, 가방을 등에 메고 빨간 운동화를 신고 집으로 돌아가는 초등학교 3학년……. 여러분과 저의 작은 가슴으로 저렇게 많은, 저렇게 정겨운 세상일들을 다 어떻게 하면 껴안거나 사랑할 수 있겠습니까? 시가 아니면, 정말 열 줄의 시가 아니면! (아림문학회, 거창, 2005. 11. 18)

시가 어렵습니까?

시가 어렵습니까? 그렇다구요? 그렇습니다. 시가 어려울 수도 있습니다. 시는 산문처럼 언어를 활짝 펴놓거나 친절한 설명을 하지 않고 될 수만 있으면 언어를 축약하여 정서를 전달하려하기 때문에 시 읽기에 훈련이 되어 있지 않은 사람에게는 시가 어려울 수밖에 없습니다. 그러나 조금만 더 생각해 보면 시는 그리 어렵지 않습니다. 제가 시 한 편을 외워볼게요. 눈을 감고 들어보세요.

말이 죽었다
간밤에
검고 슬픈 두 눈을 감아버리고

노동의 뼈를 쓰러뜨리고

조용히 임마누엘의 성가 곁으로

그의 생애를 운반해 갔다

오늘 아침에는 비가 내린다

그를 덮은 아마포 위에

하늘에선 슬픈 전별이……

　이수익 시인의 「말」 전문입니다. 어떻습니까? 어렵다면 시를 뒤로 미뤄두고 이 시가 말하는 스토리를 따라가 봅시다. 한 노동자에게 일생을 같이 한 애마(愛馬)가 그만 죽었습니다. 주인도 노동자고 말도 경마장의 말이 아니고 노동하는 말이었던 것 같습니다. 그런 말이 쓰러져 죽은 모양입니다. 그것을 시인은 말이 임마누엘의 성가 곁으로 생애를 운반해 갔다고 표현하고 있네요. 임마누엘은 성서 『이사야서』에 나오는 찬양의 말로, 히브리어로는 '하느님이 우리와 함께 계시다'라는 뜻이라 합니다. 임마누엘의 성가는 그러니까 기독교에서 죽은 사람의 명복을 빌면서 부르는 노래가 아닙니까. 그런데 거기에다 또 오늘은 아침부터 비가 내리고 있습니다. 죽은 말의 시체 위에 아마포를 덮었는데 하늘에선 슬픈 죽음의 전별이 행해지고 있다 하네요.

그것뿐입니다. 시인이 아니면 그저 말이 죽어서 슬프다고만 했을 것을 시인은 몇 가지 장식적인 말을 쓰고 있습니다. '노동의 뼈를 쓰러뜨렸'다 든지, '생애를 운반해 갔다'든지, 비에 젖은 '아마포 위로 하늘의 전별식'이 진행되고 있다든지, 하는 것이 그것입니다.

그런데 이 시가 전달하려는 것은 말(馬)이나 노동이나 비 오는 아침이나 임마누엘의 성가 등이 아니고 바로 어떤 '느낌'입니다. 여러분은 이 시를 읽으면 어떤 느낌이 듭니까? 아직 시를 이해하느라 아무 느낌이 없다구요? 그러면 제가 한 번 더 이 시를 외워드리지요. 또 한 번 눈을 감아보세요. 그리고 다른 생각은 하지 마세요. 집 가스레인지에 불을 켜놓고 나오진 않았나? 오늘 아침에는 너무 바빠서 자동차에 태워 보내지 않고 걸어가게 했던 아이가 학교에 지각하지나 않았나, 오늘 오후까진 밀린 가스요금과 전기요금을 내야하는데 못 내서 과태료를 물게 되지는 않나? 등등의 생각을 버리세요. 그저 귀만 열어놓고 이 시 낭송을 들으세요. 그리고 특히 마지막 구절을 귀담아 들으세요

오늘 아침엔 비가 내린다
하늘에선 슬픈 전별이……

이제 눈을 뜨세요. 어떻습니까? 자! 누가 한 번 느낌을 말해볼까요? 느낌이 복잡해서 말하기가 어렵다구요?

어렵게 생각지 마시고 간단하게, 단 한 마디로 말해보세요. 어떻습니까? 슬프다구요?

네, 그렇습니다. 슬픕니다. 바로 그것입니다. 그게 느낌입니다. 그만하면 정답입니다. 시의 대답이니 무어 그럴 듯한 형이상학적 대답이 나와야 하다고 생각할 필요는 없습니다. 읽고 느낀 느낌을 물었으니까요. 이런 것은 아주 기초적인 시의 읽기 방식이지만 그게 가장 잘 읽는 방식이기도 합니다.

시를 읽고 아무런 느낌을 받지 못했다면 그것은 시 자체가 좋은 시가 아니거나 아니면 그 시를 잘못 읽은 것입니다. 왜냐하면 시의 언어는 본래 느낌의 언어, 느낌을 강요하는 언어이기 때문에 그렇습니다. 시를 읽으면 그 시가 어떤 시이건 느낌이 있게 마련이고 어떤 느낌을 받게 되어 있습니다.

우스운 이야기를 하나 해 볼까요? 저의 아들 이야기입니다. 지금은 어른이 되었지만 얘가 초등학교 3학년 때 일입니다. 국어 시험을 쳤는데 답이 하나 틀렸어요. 틀린 문제는 바로 시의 문제였습니다. 동시(童詩) 한 편을 지문으로 제시해 놓고 그 동시를 읽은 느낌을 주어진 4가지 문항에서 골라내는 문제였어요. 그 동시를 지금 다 외지는 못하지만, 내용은 조용한 시골의 저녁 무렵, 초가지붕 위에 박꽃이 하얗게 피어 있는 평화롭고 소담한 정경을 담은 작품이었습니다. 문제는 그 지문을 읽고 답을 골라내는 것이었습니다. 아마도 주어진 4가지 선택 사항 중에는 1) 조용한 시골 정경, 2) 평화롭고 아늑한 해질 무렵의 풍경, 3) 고향을 그리워하는 마음, 4) 귀신이 나올 듯한 으스스한 느낌 등이었던 것으로 기억합니다.

그런데 아들이 택한 답은 4번이었어요. 그러니까 이 답은 처음부터 정답이 될 수가 없었던 거지요. 저는 그걸 보고 크게 웃었습니다. 정답은 미리부터 2번으로 정해진 것인데, 아들 녀석은 4번을 택했으니 웃을 수밖에 더 있겠습니까? 그런데 저는 이런 생각을 했어요.

이 시험은 처음부터 '느낌'을 묻는 문제이고, 그래서 3학년짜리 아들은 제 느낌을 정답으로 택했는데 왜 그 답이 틀려야 하는 것인가?

그때 3학년짜리 아들은 할머니와 함께 자주 보는 TV 연속극이 있었어요. 그 연속극이 바로 「전설의 고향」이었으니 3학년의 상상은 4번 쪽으로 기울 수밖에 없었지요. 저는 그 뒤에 『대구교육』이라는 교육 잡지에 이와 같은 내용의 글을 쓴 적이 있습니다. 여러분이 저의 이야기에 동의한다면 좋겠고 동의하지 않는다 해도 어쩔 수 없습니다.

미국에서 나온 책 가운데 『시의 이해Understanding poetry』라는 책이 있습니다. 나온 지가 오래 되었습니다. 1940년대에 나왔으니까요. 크리언드 부루크스라는 사람과 로버트 펜 워런이라는 사람이 함께 펴낸 책인데 한 때, 이 책이 세계의 시학 교과서가 된 적이 있습니다. 이 책에도, 시의 이해를 학생들에게 쉬운 말로 묻고 학생들이 낸 대답으로 정답을 삼는 문제들을 예시해 보이는 단원(chapter)이 있습니다. 거기에 비하면 우리 시의 강의, 특히 대학 강의는 너무 이론적이고 너무 어렵게만 가르치고 있는 게 아닌가 싶습니다. 그 책 역시 미국의 대학 교재입니다. 그보다 조금 일찍 나온 책으로는 영국의 C. D 루이스라는 분이 낸 『당신을 위한 시학Poetry for you』이라는 책도 있습니다만 쉽게 가르치고 이해시키려 한다는 점에서는 두 책이 같습니다. 뒤의 책은 오래 전에 장만영 시인이 『시학입문』이라는 이름으로 번역해서 내기도 한 책입니다.

아마도 여러분이 시는 친절하고 쉽다는 생각을 하기까지는 많은 시간이 걸릴 것 같습니다만, 그건 하루 아침에 이루어지는 것이 아니어서 시를 읽다보면 차츰차츰 거기에 다가서게 될 것입니다. 시를 좋아하는 여러분, 여러분은 시를 이해하려고 얼마나 노력해 보았습니까? 시를 내 것으로 만들기 위해 얼마나 고민해 보았습니까? 이런 말을 드리기가 송구스럽긴 하지만, 여러분은 시인이 그 시를 쓰려고 노력하고 고민한 것의 10분지 1만 고민해 보시면 곧 그 시가 여러분 곁으로 다가올 것입니다.

시는 어려운 거야, 시는 까다로운 말들의 나열이니까 그런 것을 평범한 사람이 즐기기에는 너무 벅차고 사치스런 거야

라는 생각을 버리시는 게 좋습니다. 다만 조금만 생각의 깊이를, 다시 말하면, 시에 쓰인 한마디 말, 그 말이 거기에 왜 쓰였을까, 그 말이 아니면 안 되는 이유가 무엇일까? 그 말보다 더 아름답고 적절한 말은 없을까? 그런 생각을 한 번쯤 해 보는 것도 유익합니다.

시인이 한 마디 말을 쓸 때, 그 말의 주위에는 그 말과 뉘앙스가 같은 수십 개의 말이 구름장처럼 떠돕니다. 그런데 그 구름장 같은 말 가운데 어느 한 마디 말을 시인이 선택하게 되지요. 그것은 경우의 언어이기 때문에 설명하기가

퍽 어렵습니다. 유추로 이해하셔야 합니다.

> 보리밭에 달뜨면
> 아기 하나 먹고
> 꽃처럼 붉은 울음을 밤새 울었다

라고 서정주 시인은 그의 시 「문둥이」에서 노래하지 않았습니까. 문둥병이라는 천형을 이기기 위해 남의 집 갓난아기를 삶아 먹기까지 했는데 문둥병이 낫지 않았을 때 그 슬픔, 그 진한 슬픔을 시인은 '꽃처럼 붉은 울음'이라고 했습니다. 그 슬픔을 말하는데 그 말 아니고 무슨 더 좋은 말이 있을까요? 먹구름 같은 슬픔, 파도 같은 슬픔, 장미 같은 슬픔, 가시 같은 슬픔, 잉걸불 같은 슬픔, 바늘 같은 슬픔, 등등 많은 말이 있겠지만 시인은 '꽃처럼 붉은 울음'이라고만 했습니다. 그리고 그 말보단 이 구절에 더 적절한 말이 있을 것 같질 않습니다. 그 말 한 마디 때문에 독자는 그 시를 읽고 읽다가 외우고 함께 슬퍼하고 함께 아파하는 것 아닙니까.

이젠 조금 이해가 되었습니까? 그러면 이 이야기 한 토막을 덧붙이며 저의 말을 끝내겠습니다. 신라 원성왕 때 영재(永才)라는 스님이 있었습니다. 스님이 나이 팔순이 되어서 경주를 버리고 남악(南岳)으로 이사를 갑니다. 남악은 지금의 지리산입니다. 며칠을 걷고 걸어서 남악에 도착했는데, 아마도 지금의 뱀사골이나 노고단쯤 되었겠지요. 그런데 거기서 수십 명의 도적떼를 만납니다. 예나 제나 지리산은 험한 산이고 거기에는 도둑이나 빨치산이 은거하기 알맞은 산이었던 것 같습니다. 도둑들이 창과 칼을 들이대면서 스님이 가진 돈이나 귀금속 등 보물을 다 내어놓으라고 위협하는 것이었어요. 영재 스님은 꼼짝 없이 죽게 된 거지요. 영재 스님은 『삼국유사』의 묘사대로 하면 키가 팔척이나 되고 힘은 장정 두 사람을 이길만한 완력을 가졌다고 해요. 그러나 맨 손으로 칼과 창을 든 수십 명의 도적을 이길 수는 없었지요. 그래서 스님이 묘안을 냈어요. '좋다, 내 가진 모든 걸 다 너희들에게 주마, 그러나 그걸 주기 전에 내가 노래를 부를 테니 그 노래나 듣고 내 물건을 자져가거라'라고 했답니다. 도둑들은 기왕 물건을 내놓겠다고 했으니 노래쯤 듣는 것은 해로울 것이 없다고 생각했던 것 같아요. 영제 스님은 목청이 좋아 노래를 아주 잘 부르는 사람이었어요. 스님은 그때부터 노래를 부르면서, 노래를 끝내질 않았어요. 노래가 끝나면 그는 죽거나 가진 물건을 다 빼앗길 테니까요. 사흘의 낮과 밤을 끊임없이 노래를 불렀다고 해요. 그게 정말입니까? 라고 물으면 안 돼요. 다행히 아무도 그렇게 묻는 사람이 없네요. 신화나 설화는 다 그런 거에요. 글쎄요. 지겹지도 않았던가 봐요. 도둑들이 스님의 노래를 듣고 듣고 또 듣다가 사흘째 되는 날, 그만 그 노래에 감복하게 되었어요. 그 노래의 내용이 너무도 아름답고 착해서 도둑들이 모두 창과 칼을 버리고 땅에 엎드려 스님의 제자 되기를 청했어요. 그래서 스님은 노래 하나로 오십 명의 도둑을 제자로 만들었어요.

어떻습니까? 이것이 노래의 힘이고 시의 힘입니다. 그시 역시 서정시의 힘이지요. 그 시가 지금까지 전해지고 있느냐구요?. 전해지고 있습니다. 일연(一然) 스님의 『삼국유사』에 나오는 향가 「우적가遇賊歌」입니다. 이 시는 10구체로 요즘 말로는 10줄의 시입니다.

내용은 이렇습니다.

제 마음에
형상을 모르려던 날
멀리서 지나치고
이제란 숨어서 가고 있네

오직 그릇된 파계주를

두려워할 짓에 다시 또 돌아가리

이 쟁기(무기)랄사 지니곤

좋은 날이 새리이니

아으 오직 요만한 선(善)은

아니 새 집이 되니이다

이두로 표기된 것을 고전연구를 많이 한 양주동(梁柱東) 선생님이 풀이한 것으로 읽기가 매우 불편합니다. 조금 편하게 읽어봅시다

제 마음의

모습이 볼 수 없는 것인데

달이 달아난 것을 알고

지금은 수풀을 가고 있습니다

다만 잘못된 것은 강호님(대적 못 할 도적)

머물게 하신들 놀라겠습니까

병기를 마다하고

즐길 법(불법)으랑 듣고 있는 데

아, 조그만한 선업(善業)은

아직 턱도 없습니다

　그러니까 이 노래의 내용은, 도둑을 그만두고 불법을 따라 선업을 행하라는 가르침의 노래라 이해하면 됩니다. 그런 내용을 사흘 밤낮을 들었으니 도둑이 회개할 수밖에 없었던 거지요.

　시는 어렵다는 선입견부터 없애야 합니다. 시는 늘 여러분 곁에 있습니다. 아무리 아름다운 꽃이라도, 아무리 소중한 보석이라도 그걸 볼 줄 아는 마음과 눈이 없으면 보이지 않습니다. 여러분 곁에는 늘 시와 시인이 함께 있다고 생각하세요. (소헌미술관, 대구, 인문학 강의, 2016. 3. 19)

시 쓰는 괴로움, 시 쓰는 즐거움

누구에게나 스무 살 때의 시 쓰기는 무지개 같은 것이지요. 무지개 동산을 지나 시 쓰는 일이 몸에 배는 서른이 되면, 그저 연필만 쥐고도 마구 시가 흘러나올 것 같은 기분에 젖습니다. 보는 것 듣는 것이 모두 시의 소재고 주제가 되니까요. 마흔이 되었을 땐 시를 어딘가에 써먹어야겠다는 생각이 듭니다. 어디다 써 먹습니까? 생활이지요. 시를 써서 조금의 원고료도 받고 조금쯤 이름을 날려도 보고 직장에서 인정도 받고, 조금은 유명도 해지고 싶거든요. 그러나 쉰이 되고 예순이 되면 시 쓰는 일이 고통이 되어 다가옵니다. 밤을 통째로 바쳐도 시원한 시 한 편 나오기가 어렵습니다. 저의 경우, 일흔이 지난 지금은 그것이 더욱 더

심한 아픔이 되고 근심이 된 것 같습니다. 연필만 쥐면 줄줄 쏟아져 나올 것 같았던 시가 어디로 다 사라져버리고 말 하날 찾아서 밤을 새우는 일이 일상이 되었습니다. 그러면서도 시를 놓지 못하고 붙들고 하소연 하는 시간이 점점 더 늘어만 갑니다.

> 시인 손택수는, 무슨 독한 사연도 없이 쓰린 속을 움켜쥐고
> 누가 시키지도 않는 야근을 하고 있는 시 「리라」

라고 썼더군요. 왜 아니겠습니까? 아무도 시키지 않았는데 스스로 좋아서(혹은 어쩔 수 없어서) 밤을 새워 말을 찾는 작업을 하는 사람이 시인 아닙니까.

제게는 제가 조금 아끼는 「흰 꽃 만지는 시간」이라는 시가 있습니다. 이 시를 저는 보름 동안 썼습니다. 자다가 일어나 불도 켜지 않고 종이에 눌러 써놓고 다시 잠자리에 들었습니다. 이튿날 읽어보니 시가 될 듯 하더군요. 그래서 다시 남은 생각을 모아 여남은 줄을 더 썼습니다. 그리고 나서 며칠을 잊고 지내다가 다시 그 시를 꺼내 보았는데 너무 가볍고 쉽게 썼다는 생각, 이것으로 시라는 이름에 가름하기는 부족하다는 생각이 들었어요. 그 생각은 다시

며칠 동안 저를 동여매고 등 뒤를 따라다녔어요. 아마도 한 1주일 동안은 그런 짐을 지고 다녔을 것 같습니다. 그때 쓰여진 시의 모습은 이렇습니다.

흰 빛은 내 오랜 쓸쓸을 치료하는 상비약이다
오늘은 사람과의 약속은 뒤로 미루자
흰 꽃과의 약속이 더 급하니까,
흰 색에는 국경이 없다고
사랑하는 일도 그렇다고
나무에 옷 입힌 꽃들이 말한다
4월 지나 한낮, 정원에 한가득 흩날리는 라일락을 보냈으니
봄에는 너에게 별지의 편지를 보내지 않아도 되겠다
홀로 꽃밭 지날 땐 흰 옷에 물이 든다
밥 먹고 싶은 나무가 꽃을 더 많이 피웠다고 혼자서 중얼거
린다
꼭 한 번 지나온 언덕은 아직도
십년 째 같은 꽃을 피워들고 있겠지만
저리도 많이 의태어로 지는 꽃잎
꽃을 보내고 나면 나무의 몸이 가벼워질까?
빠져들어도 몸 버리지 않고 마음만 젖는 흰 꽃들

나무의 어느 부분이 흰 꽃을 밀어 올렸는지
손으로 털면 흰 가루로 쏟아지는 꽃가루들

처음의 모습입니다. 그러나 자꾸만 마음에 걸리는 것이
있었습니다. '흰 꽃과의 약속이 더 급하니까'라든지 '봄에
는 너에게 별지의 편지를 보내지 않아도 되겠다'든지, '십
년째 같은 꽃을 피워들고 있겠지만 / 저리도 많이 의태어
로 지는 꽃잎' 등이 그랬습니다.

다시 며칠을 생각하고 젊은 시인들의 말솜씨를 눈여겨
읽었습니다. 안상학 시인의 말처럼, '척 보아도 이기철 시
인의 시다'(「생은 과일처럼 익는다」, 매일신문 시평)라는 평을
받을 수 있는 시를 써야겠다는 생각이 뇌리를 감싸고 있었
습니다. 저의 얼굴을 제 시에서 잃지 않아야 되겠다는 생
각이었지요. 그렇게 생각한다고 해서 시가 곧 좋아지는 것
은 아닙니다. 그럴 때마다 스스로를 달래는 여유를 찾아야
했습니다. 그러다가 다시 쓴 시가 이런 모습의 시가 되었
습니다.

흰 꽃 만지는 시간

아무도 안 왔다고 말하지 마라
하얗게 흔들리는 꽃이 왔는데

흰 꽃은 고르게 이를 닦고 뜰에 내려서는

나무의 첫마디 인사다

그런 날은 사람과의 약속은 꽃 진 뒤로 미루자

누굴 만나고 싶은 나무가 더 많은 꽃을 피운다

창고에서 새어나오며 공기들은 가까스로 맑아지고

심호흡을 하며 기체들은 꽃밭을 배회한다

상시 복용의 하얀 약봉지를 물고 피는 흰 꽃

어제보다 진해진 햇빛이 건강식이 될 것 같다

흰 꽃 만지는 시간은 영혼을 햇빛에 너는 시간

찬물에 기저귀를 빨아 대야에 담는 사람의 흰 손이 저렸다

아름다운 것은 선량한 것이라고

다녀 간 꽃들의 페이지에 우편번호를 써두자

오늘의 공부는 꽃이 지면서 하는 말을

나의 언어로 번역하는 일이다

내일 모레면 흰 꽃을 만지지 못할지도 몰라

오늘은 손등이 발갛도록 흰 꽃을 만지자

반드시 초고보다 더 나아졌다고는 할 수 없겠으나 조금은 정리가 된 것 같습니다. 그리고 고맙게도 이 시를 좋아하는 낭송가들이 있는 것 같습니다. 어렵고 고통스럽게 태어난 시가 단 한 사람이라도 좋아하거나 외워준다면 시인으로서는 고맙지 않을 수 없지요. 시를 쓰는 과정과 방법은 사람마다 다르겠지만 한 작품을 통해 저의 경험을 이야기한 것으로 여러분께도 참고가 되었으면 좋겠습니다.

1930년대 시인 박용철은 「시적변용에 대하여」라는 글에서, '기다림이 피가 되고 눈짓과 몸가짐이 되고 자신과 구별할 수 없는 것이 된 다음에야 시의 첫 마디가 온다'고 했습니다. '참을성 있는 기다림' 그것이 '변종발생의 찬스'라고도 했습니다. 시 한 편이 태어나기까지의 기다림과 참음과 인내, 그것이 시를 사랑하는 마음이라고 이해해도 좋겠습니다. (시사랑 문학동인회, 인천, 2006. 9. 24)

독자는 천의 눈을 가졌습니다

독자는 천의 눈을 가졌습니다. 이 불특정 다수의 독자는 장소와 시간에 관계없이 시를 읽고 시를 외우고 시를 즐깁니다. 그러므로 언제 어디서 누가 나의 시를 읽거나 외울지 모릅니다. 그래서 시인에게는 독자란 가장 귀하면서도 가장 두려운 존재입니다.

저도 요즘은 인터넷에 들어가 메일을 써서 편지를 주고받는 때가 많아졌습니다. 어저께는 이런 편지를 받았습니다.

저는 ○○대학교 인문학술원 소속 아무개입니다.

다름이 아니오라 현재 저의 대학교 학술원에서 부산광

역시 기장군과 함께 기장군 내 공원에 '인문학 글판'을 설치하는 공익사업을 진행하고 있습니다. 그리하여, 글판에 들어갈 문구로 선생님의 싯귀를 사용하고자 이렇게 연락을 드립니다. 인문학 글판은 부산광역시 기장군 정관읍 〈윗골공원〉에 시의 제목과 선생님의 존함을 함께 새길 예정입니다. 선생님의 글귀를 기장군민들이 느낄 수 있도록 허락을 부탁드립니다.

저희가 사용하고자 하는 글귀는 선생님의 시「네가 있어」중 아래에 해당하는 싯귀입니다.

너는 봄비 너는 볕살 너는 이삭 너는 첫눈
너는 붉음 너는 노랑 너는 연두 너는 보라
네가 있어 세상은 아름답고
네가 있어 세계 속에 이름 하나인 네기 있다

바쁘시지만 뜻 깊은 곳에 선생님의 글귀를 사용할 수 있도록 허락해 주시고, 거기 대한 연락 또는 답변 꼭 부탁드립니나.
○○대학교 인문학술원 아무개 드림

시인에게는 자신의 시를 어느 특정한 곳에 시비(詩碑)나 글판으로 세워 많은 사람에게 읽히게 한다는 일은 반가운 일이지요. 위의 편지 역시 그런 편지 가운데 하나입니다. 그런데 놀라운 것은, 제가 쓴 시이지만 저의 작품에 그런 시가 있다는 것을 저 자신이 모르고 있었다는 것입니다. 저의 어느 시집, 어느 시에 위의 구절이 있는 지를 저 스스로가 알지 못하니 미안한 일이지요. 그런 편지를 받았을 때의 저의 느낌은, '아, 내게 이런 시가 있었구나!' 하는 것이었습니다.

어쩌다 50년이 넘게 시를 써왔고 쓰다가 보니 1,500편이 넘는 시가 모였기에 제가 쓴 시를 다 기억하지 못하는 것은 그리 부끄럽지는 않습니다. 그런데 그것을 독자들이 찾아내어 읽거나 낭송을 한다거나 글판에 새긴다는 일이 자못 고마운 일이 아닐 수 없습니다.

그런 일은 미당 서정주 시인의 경우에도 있습니다. 제가 교수라는 직업을 가지고 있을 때, 서정주 시에 대한 논문을 한 편 쓰려고 서정주 시인의 작품을 찾아다니던 때의 일입니다. 논문 제목은 「의식비평의 이론과 실제」였습니다. 그땐 젊었었고 제법 외국이론도 섭렵한답시고 거드름을 피우고 있을 때였거든요. 좀 어려운 용어입니다만, 유럽에서

발생한 비평 가운데, '현상학적 비평' 혹은 '의식비평'이라
는 비평양식이 있습니다. 그래서 될 수만 있으면 지금까지
서정주 시인의 시 중 많이 거론되지 않은 작품을 찾아 그
시를 매재(媒材)로 해서 논문을 쓰려고 하던 때였습니다.
서정주 시인의 시 가운데는 많지는 않지만 아직 별로 거론
되지 않은 시가 찾으면 있을 거라고 믿고 여러 책을 찾았
습니다. 우선 '민음사'에서 나온 『미당 서정주』전집을 먼저
찾을 수밖에 없었지요. 그런데 어찌 된 일인지 저의 머릿속
에 들어있는 시가 『전집』에 들어있지 않았어요. 그래서 급
기야는 제가 서정주 선생님께 전화를 드렸습니다.

'선생님, 저는 영남대학교에서 시를 가르치는 이기철입
니다. 제가 선생님의 시에 대한 논문을 쓰려고 하는데 선생
님의 시「풀밭에 누워서」의 원본이 필요합니다. 그 시를 어
느 잡지에 발표하셨는지 혹 기억하고 계십니까? 딴은, 이
런 전화를 미당 선생님께 할 수 있었던 것도 저의 첫 시집
『낱말추적』(중외출판사)의 서문을 받으러 '봉산산방'엘 방
문한 적이 있기 때문에 용기를 낼 수 있었던 것입니다. '봉
산산방'은 서정주 선생님의 자택 택호(宅號)입니다.

그러나 서정주 선생님의 대답은 '모른다'였습니다.

여러분이 잘 기억하지 못할 것 같아서 조금 설명을 곁들이겠습니다. 「풀밭에 누워서」라는 시는 형태상 시라고 해도 되고 산문이라 해도 되는 유형의 글입니다. 저는 제 머릿속에 있는 기억을 되살리며 구석진 서가를 뒤져 여러 자료를 찾다가 어렵사리 『현대문학』 제10권 제6호, 통권 114호, 1964년 6월호를 발견했습니다. 이 잡지에 이봉구(李鳳九)라는 소설가가 지난 시절의 문단야화를 회고하는 글을 썼고 그 글을 제가 소년시절에 읽은 적이 있다는 것을 똑똑히 기억하고 있었습니다. 그 기억을 따라 가며 찾고 또 찾아 마침내 먼지 낀 서가의 귀퉁이에서 그 시가 실린 책을 찾았습니다. 이봉구 라는 소설가의 그 글에 인용된 「풀밭에 누워서」는 미당의 「밤이 깊으면」과 함께 습작기에 제가 미칠 정도로 좋아해서 열 번 스무 번 읽고 어떤 여학생한테 편지를 보내면서도 이 시를 인용했던 소년시절의 애독시였습니다. 지금 읽어도 가슴을 싸아하게 적시는 시여서 다른 글에서 한 번 인용한 적이 있지만 다시 여기에 인용하겠습니다.

오늘도 할 수 없이 못 가고 말았다.

내일은 어떻게 떠나야 할 텐데-.

오늘도 풀밭에 누워서

혼자 생각하는 것은, 우리들의 행복을 위하야, 그런 것
은 아니다. 불쌍한 안해야. 혹 어쩌다 담배가 있으면 북향
의 창에 턱을 고이고 으레 내가 바라보고 있는 것은 국경
선 바깥, 봉천이거나 외몽고거나 상포로 가는 쪽이지 전라
도는 아니다. 내가 인제 단 한 기대가 남은 것은 아는 사람
있는 곳에서 하로 바삐 떠나서, 안해야 -, 너와 나 사이의
거리를 멀리 하야 낯선 거리에서 보고 싶은 것이지, (성공하
기만…) 아무리 바래어도 인제 내 마음은 서울에도 시골에
도 조선은 없을란다. 차라리 고등보통 같은 것, 문과 같은
것, 도스토예프스키 같은 것, 온갖 번역물과 같은 것 안 읽
고 말았으면 나도 그냥 정조식(正條植)이나 심으며 눈치나
살피면서 석유 호롱불 키워놓고 한 대를 지켰을꺼나 선량
한 나는 기어 무슨 죄라도 저질렀을 것이다

이 글(시)은 글쓴 이(이봉구)의 설명에 의하면 미당이 '왜
정 때 즉 무인년(戊寅年) 8월에 쓴 것'이라 합니다. 무인년
은 서력으로 말하면 1938년입니다. 그러니까 제가 태어나

기 5년 전에 미당이 쓴 시입니다. 그런 시를 10대의 소년인 제가 밤을 새워가면서 읽고 또 읽었지요. 자기가 쓴 시를 다 기억하지 못한다는 일. 지금 저의 이야기는, 서정주 시인도 그랬으니 제가 제 시를 다 기억하지 못한다는 것이 뭐 그리 부끄러운 일이냐고 말하려는 게 아닙니다. 많은 작품을 쓰다 보면 그걸 다 기억하지 못하는 경우가 종종 생긴다는 것을 말씀드리는 것입니다.

'부산 해운대 달맞이 고개 글판' '경남 거창의 아림동산 시비' '서울 광진구 공원 산책로 글판' '강원도 양양 물소리 낭송회 글판' '전북 장수 논개 생가 터'의 시비에 새겨진 시도 제가 확인하고 세워진 시비나 글판이 아닙니다. 그 가운데 '아림동산' 시비는 건립되기 전에 연락을 받고 제가 한번 가 본 적이 있고 '논개 생가 터'의 시비는 건립된 뒤 한번 행사 차 다녀오긴 했습니다만 제가 직접 관여한 시비는 아닙니다.

2002년경인가 싶습니다만, 저의 시 「내가 만난 사람은 모두 아름다웠다」가 '캠브리지'라는 의류업체 사보에 실린 일이 있었습니다. 사보는 판형이 4.6배판이고 올 컬러판이어서 보기에도 시원하고 화려한 책이었습니다. 그러나 그 사보가 저의 시를 실었다는 사실을 저는 까맣게 몰랐습니다. 서울서 선배시인 한 분을 만났는데 그 분이 저에게 '이 선생의 시가 '캠브리지' 사보 이번 호 첫 페이지에 실렸던데 보았습니까?' 라고 물어서 비로소 그런 사실을 알게 된 것입니다. 제가 못 보았다고 하자 그분이, '캠브리지' 사보 편집실로 연락을 한 번 해보라고 하더군요. 그런데 제가 편집실로 전화를 하면, 혹, 시인이 뭐 돈 가지고 따지느냐 할까봐 참고 있다가 한 일주일 뒤에 전화를 했습니다. 그랬더니 그쪽에서 백 배 사죄하면서 시 사용료를 보내주더군요. 많은 액수는 아니었어요. 그리고 많은 액수를 바라지도 않았어요. 얼마 받았냐구요? 구두 한 켤레 값은 되었습니다.(웃음)

최근엔 '삼성증권 커뮤니게이션 팀'에서 내는 『Create』라는 사보에 실린 저의 시 이야기인데, 제가 영남대 글로벌 평생교육원 문예창작반에서 수업을 하는 중에 어느 학생이 책 한 권을 들고 와서 '선생님, 이 책 보셨습니까?'라고 하더군요. 저는 영문을 몰라 그저 그 학생을 바라만 보았습니다. 학생이 책을 펴 보이면서 '이 권두시가 선생님의 시인데 그렇게 모르십니까?' 했어요. 거기 실린 시는 저의 시 「생은 과일처럼 익는다」였습니다. 학생들이 일제히 연락을 해야 한다고 아우성이더군요. 이번에는 오래 끌지 않고 이튿날 바로 '삼성 커뮤니케이션 팀'으로 전화를 했습니다. 정○○이라는 팀장이 받았어요. 사실을 말했더니 정 팀장이 정말 죄송하다고 말하면서, 편집은 제가 하지만 뒤처리는 '조선프레스'에서 하기 때문에 거기서 다 처리한 줄로만 알았다고 하더군요. 그날 오후에 '조선프레스'와 한국문예학술저작권협회로부터 사죄의 전화를 받았습니다.

이야기가 길어졌군요. 시인에게는 시 한 편을 쓰는 데 수삼일이 걸리기도 하고 때로는 수개월이 걸리기도 합니다. 그런데 방송이나 신문 등에서는 작품을 실어주는 것만도 고맙게 생각해야 하는데 사용료(출연료)까지 원하느냐는 반응을 보이는 예가 더러 있습니다. 이 경우 방송이 더 심한 것 같습니다. 잘은 모르지만 선진국의 경우는 길에서 방송기자가 말 한 마디를 따 가는데도 반드시 출연료를 지불한다는 말을 들었습니다. 그것이 선진문화의 모습이고 선진사회의 예술가에 대한 예우입니다. 액수의 많고 적음이 문제가 아닙니다. 예술가를 존중할 줄 아는 문화가 성숙되어 있느냐 아니냐가 문제입니다.

이제 이쯤에서, 앙증스럽고 귀엽고 농밀한 시조 한 편을 읽어 드리면서 제 얘기를 마칠까 합니다. 참 맛깔스런 시조입니다. 여러분도 혹시 학교 다닐 때 교과서에서 배웠을 지도 모르겠네요. 배웠다면 다시 만난 친구라 여기면 좋겠습니다.

노랑 장다리 밭에
나비 호호 날고
초록 보리밭에
바람 흘러가고
자운영 붉은 논둑에
목매기는 우는고!
정훈 「춘일春日」

이렇게 짧고 진한 말 몇 마디로 예쁘고 선명한 풍경화를 그린 시인을 만나고 싶군요. 그러나 시인은 이미 이 땅에 계시지 않습니다. 다만 시인이 그린 '말의 그림'을 맘에 새기면서 읽으면 좋겠습니다. (재능교육, 서울 강연, 2011. 10. 13)

시는 웰비잉의 한 방식입니다

행여 백조가 오는 날
이 물가 어지러울까
나는 밤마다 꿈을 덮노라
김광섭 「마음」 끝 구절

이 시는 제가 중학 2학년 때 국어책에서 처음 읽은 시입
니다. 세월이 흘러 어언 50년이 다 된 지금까지 그때 교과
서에서 읽은 시가 아직도 잊히지 않고 머릿속에 고스란히
남아 있는 것은 그 시가 특별히 내 정서와 합일되었기 때
문이겠지요. 국어책이 좋아서, 국어책에 나오는 시가 좋아
서, 뒷동산에 소 먹이러 가면서도 국어책을 들고 가던 때의

일입니다. 그렇습니다. 좋아서입니다. 그게 바로 애정이고 사랑입니다.

마음은 고요한 물결과 같은데 거기에 바람이 불거나 돌을 던지는 사람이 있다면 그 물결 위에 어떻게 별이 뜨고 숲이 물결을 재울 수 있겠습니까? 그러나 돌을 던지거나 바람이 혜살 짓는 일을 미워하기보다, 우선 내 안에 있는 마음을 잔잔한 호수처럼 재울 수 있는 시간을 불러오는 일이 중요합니다. 그래야 시가 마음 안으로 들어옵니다.

할 일이 많아서, 약속 때문에 그럴 여유가 없다는 말들이 저절로 나옵니까. 그렇기도 하겠습니다. 누가 그런 일상생활의 일들에서 자유로울 수 있겠습니까? 그러나 그러한 일들에 스스로를 먹혀서는 안 됩니다. 어렵겠지만 마음을 달래면서 창밖의 흐르는 구름을 바라보세요. 그리고 가장 즐거웠던 어느 한 때를 기억 속에서 찾아내 보세요. 그것만이라도 벌써 여러분은 번잡한 생각들을 마음 밖으로 몰아낸 것이 됩니다. 그때 자기가 좋아 하는 시 한 편을 외워보십시오. 쉽게 외워지지 않으면 시집을 펴거나 메모 해 둔 시를 보면서 읽어도 좋습니다. 소리 없이 읽기보다는 소리 내어 읽는 것이 더 좋습니다. 혼자 읽는데 무슨 기교가, 기술이, 소리의 맵시가, 포즈가 필요합니까? 그저 중얼중얼이라도 괜찮습니다. 한두어 번 읽고 나면 아까보다 훨씬 마음이 가라앉는 것을 발견할 수 있을 것입니다. 그런 연습을 며칠 되풀이하다 보면 그 시는 여러분의 것이 될 것입니다.

외워서 마음속에 시를 넣어두지 않고는, 아무리 시집을 머리맡에 둔다 해도 그 시는 그 시를 쓴 시인의 것이지 자신의 것이 아닙니다. 그러나 그 시를 외웠을 때 그 시는 자신의 것이 됩니다. 여러 번 되풀이해서 읽는 동안, 시와의 친밀도가 조금 나아지고 또 조금 나아지고 그 다음엔 어김없이 시 애호가 혹은 시 낭송가가 될 자신이 생깁니다. 그러면 그날은 가족들의 저녁 식사 준비를 다 해놓고, 반찬그릇 위에 밥상보를 덮어놓았다가 남편과 아이들이 돌아오는 시간에 맞춰 이렇게 말해 보십시오.

잠시 수저를 들지 말고 내 낭송을 한 번 들어볼래요?

라고 말입니다. 처음 하는 그 말이 가족들에겐 선언이 될 것입니다. 아마도 가족들이 의아한 눈치로 아니면 기이한 눈으로 당신을 쳐다볼 것입니다. 그때 당신은 어색함을 꾸욱 참고 시 한 편을 외우세요. 조금 틀려도 조금 더듬거려도 괜찮습니다. 처음에는 다 그렇습니다. 방송인들처럼 매끄럽고 맛깔스러운, 유행 가수처럼 멋진 목청이 아니라도 좋습니다. 시 한 편 외는데 불과 3분이면 됩니다. 끓여놓은 국이 그 3분 동안에 다 식지는 않습니다. 가족들이 배가 고파도 그 3분은 기다릴 수가 있습니다. 아마도, 틀림없이 낭송이 끝나면 남편은 눈이 휘둥그레질 것이고 아이들은 박수갈채를 보낼 것입니다. 그랬을 때 여러분에게는 오늘 하루가 허무하게 지나간 게 아니라 뜻 있고 아름다운 마음의 자수(刺繡)를 놓은 것이 됩니다. 어떻습니까? 한 번 해 보시지 않겠습니까?

아, 시 외우기가 참 어렵다구요? 그럴 것입니다. 그것은 조금만 참고 훈련하면 이길 수 있습니다. 시를 외다 보면 다른 구절은 잘 외워지는데 특별히 그 구절은 외워지지 않고 자꾸만 잊히는 곳이 있습니다. 그런 곳이 있으면 그땐 그 구절의 첫마디를 손바닥에 써놓으세요. 아마도 다섯 번 아니면 일곱 번이면 그 시 한 편을 외울 수 있게 될 것입니다. 더 긴 시도 그렇게 하면 정복할 수가 있습니다. 오페라를 하는 성악가들한테 들으니 그들은 한 편의 오페라를 무대에 올리기 까지 6개월 정도 대사를 외우고 연습을 한답니다. 오페라 한 편은 한 세계를 담거나 한 사건의 전모를 담아야 하므로 대사가 길 수 밖에 없지요. 적어도 두 시간

정도는 대사가 이어지지 않습니까. 그때 사용하는 대사를 외기까지 6개월 아니면 그보다 더 긴 시간의 연습이 필요하다는 것이지요. 거기 비하면 시 한 편 외는 것은 오페라 대본 암기의 반의 반 시간밖에 걸리지 않습니다.

저는 학교에서 오랫동안 〈시론〉을 가르치고 〈문예창작론〉을 가르쳤습니다. 어느 날 서울에서 시학회(詩學會)가 끝나고 식사 자리에서 시인들끼리 여러 이야기를 나누었지요. 그 가운데 하나가, 요즘 학생들이 시를 외지 않는다는 얘기였습니다. 동석한 한 분의 말이었습니다.

"우리학교에서는 입학시험의 면접고사를 볼 때 면접하러 온 학생들에게 시를 외워보라는 질문을 던집니다. 학생들이 당황하는 걸 보고, 한 편을 못 외우면 한 줄이라도 좋으니 아는 만큼만 외워보라, 고 했는데 시 한 줄을 제대로 외는 학생이 한 사람도 없었습니다."

저는 그 이야길 듣고 느낀 것이 있어 제가 가르치는 학교로 돌아와서 매학기 〈문예창작론〉 수업에 '시 외우기' 시험을 치렀습니다. 처음에는 학생들이 쩔쩔매더니 시험을 친다고 하니 한 사람 예외 없이 시 전편을 틀리지 않고 외우는 걸 보았습니다. 쉬운 시에서 아주 어려운 시까지 줄줄 외더군요. 저의 욕심으로는 고등학교 국어(문학) 시간에 시를 외는 연습을 시키면 대학 면접시험에 이와 같은, 시 한 줄도 못 외는 사태가 벌어지진 않으리라 생각합니다. 시 외는 것이 대학시험과는 무관하기 때문에 생긴 일을 해소하는 첩경은 중·고교 문학수업 시간에 조금씩 시 외는 연습을 시켜보는 일입니다.

또, 묻고 싶습니까? 아, 시 외우기가 어려운 것이 아니라 집안에서 시 외우는 분위기를 만드는 일이 어렵다구요? 그렇습니다. 집안에서 시를 외운다는 일은 처음에는 퍽 어색할지도 모르겠네요. 지금까지 안 하던 일을 하는 아내를 혹은 엄마를 가족들이 기이한 눈으로 볼지도 모르겠군요. 그러나 무릅쓰세요. 시 외는 일이 두 번 세 번 이어지면 그런 분위기는 이내 사라질 것입니다. 여러 번 반복하다보면, 어느 날은 '엄마, 오늘은 왜 시를 외지 않죠?'라거나 '여보 시 한 편 외워 봐'라고 하는 가족들의 분위기에 넉넉히 도달할 것입니다.

내가 아는 낭송가가 한 사람 있어요. 이 분은 대학에서 강의도 하고 집에서 살림도 사는 분인데 한 1년 동안은 집안에서 시를 외우고 시를 종이에 메모해서 가방에 넣거나 자동차 포켓에 넣어 다니는 것을 남편이 이해하지 못했다고 해요. 가끔은 눈살도 찌푸렸다고 하더군요. 남편은 건축 재료상을 하는 사업가였답니다. 그러나 그런 것에 구애받지 않고 매일 틈만 나면 시를 메모하고 시를 외웠는데 한 1년이 지나고 난 뒤부터는 그만 남편도 아내를 따라 시를 외기 시작했답니다. 남편뿐입니까? 아들과 딸도 엄마를 따라오기 시작했대요. 그래서 지금은 온 가족이 시낭송가 집안이 되었답니다.

이만하면 시는 건강의 비결, 즐거운 가정 만들기의 비결, 요즘 유행하는 말로는 '웰빙'의 방법이 아니겠습니까. 돈이 드는 일도 아니고 위험을 감수해야 하는 일도 아닌, 시 외우기를 마다할 이유가 이젠 없어진 게 아닙니까. 외기만 하면 음악이 되는 시가 여러분 곁에 있다는 걸 잊지 마시기 바랍니다 (달빛시 축제, 포항 강연, 2007. 11. 10)

명시 앞에서 생각나는 일들

초등학교 3학년짜리 누나가 책상에 있는 책 한 권을 뽑아 6살짜리 동생에게 책을 읽어주었어요. 무슨 책을 읽어주었을까요? 그 책은 다름 아닌 동화로 꾸며진 『홍길동전』이었어요. 누나는 아무 곳이나 되는대로 몇 구절을 읽었어요. 기껏 3학년짜리가 읽는다면 얼마나 잘 읽었겠습니까? 떠듬떠듬 읽었겠지요.

길동이 점점 자라 여덟 살이 되매 총명이 다른 사람보다 뛰어나 하나를 들으면 백을 통하니 아버지 홍 판서가 더욱 길동을 사랑하고 귀히 여겼지만 태어난 근본이 천한 태생이라 열 살이 넘도록 아버지를 아버지라 부르지 못하니…….

여기서 6살짜리가 누나의 얼굴을 쳐다보며 물었어요.

"누나야, 아버지를 아버지라 부르지 못하면 아빠라고 부르면 안 돼?"

대답을 못 한 누나는 눈을 몇 번 깜박거리다가

"아, 그러면 되겠다, 그지."

3학년짜리 누나도 6살짜리 동생도 그 구절이 담고 있는 시대적 맥락을 모르니 그런 물음과 대답이 그들에겐 정답이 된 거지요.

이 일화에서 우리는 느끼는 것이 있습니다. 시를 읽거나 낭송할 때, 먼저 다가오는 것은 소리나 음성 혹은 리듬이지 그 시의 내용은 아니라는 겁니다. 그 시가 무엇을 뜻하는가 하는 것은 그 다음의 일이지요. 소월이나 영랑이나 목월의 시를 낭송할 때 굳이 그 내용을 다 알아야 낭송할 수 있는 것은 아닙니다. 시가 의미하는 것을 알고 하는 낭송이 꼭 필요한 시도 있습니다만 모든 시가 그런 것은 아닙니다. 읽고 외고 듣기만 해도 즐거워지는 시가 얼마든지 있습니다. 『홍길동전』에서 길동이 점점 자라 열 살이 되었는데도 천출(賤出; 庶子)로 태어났기 때문에 아버지를 아버지라 부르지 못하고 형을 형이라 부르지 못했다는 것은 조선조의 사회제도의 어두운 일면 아닙니까. 그러니까 이 소설은 조선조 신분제도 즉 적서차별을 고발하는 내용이지요. 그렇지만 초등학교 3학년짜리와 아직 학교에 들어가지도 않은 6살짜리에게 그런 내용이 어떻게 이해될 수 있겠습니까? 그저 소리 나는 대로 '아버지를 아버지라 부르지 못하고 형을 형이라 부르지 못하는……'이라 읽으면, 왜 아버지를 아버지라 부르지 못할까가 의아해진 동생이, 그러면 아버지를 아빠라 하면 되지 않느냐는 장면은 참으로 앙증하고 우습고 재미있는 모습 아닙니까.

좋은 시는 노래의 상태로 돌아가려 합니다. 노래의 상태란 의미보다는 전달, 뜻을 캐기보다는 즐기기에 가깝습니다. 요즘 시는 즐겁지 않은 시도 있습니다만, 근본적으로 시는 즐거워야 하고 시 읽기는 그 즐거움을 향수하는 일입니다. 좋아서 읽고 읽다 보면 자신도 모르게 외워지는 것이 시 아닙니까. 명시(名詩)는 그래야 합니다.

그래서 명시는 우리를 그 앞에 오래 머물게 합니다. 명시를 읽고 나면 향기로운 차를 마신 뒤처럼 마음이 개운하고 쇄락해집니다. 그것이 좋은 시의 특징이고 명시의 생명입니다. 그래서 좋은 시는 인구에 회자됩니다. 회자(膾炙)라는 말, 아시지요? 회자는 본디 생선회와 구운 고기라는 뜻입니다. 생선회와 구운 고기는 모든 사람이 좋아하는 음식 아닙니까, 그것처럼 모든 사람의 입에서 입으로 전달되는 이야기를 말합니다. 그런데 어쩌지요? 명시에도 다음과 같은 결함이 있음을 잠시나마 지적하게 되었으니 말입니다.

김종삼이라는 시인 아시지요? 이 분은 참 행복하게도 생전보다 사후에 더 사랑받는 시인이 되었습니다. 이 분의 시를 읽으면 기묘한 생각이 듭니다. 시는 본래 생각과 정서를 언어로 표현하는 그릇 아닙니까? 그런데 이 분의 시는 많은 생각과 말들을 깡그리 생략한 채 짧고 선명한 이미지만 남기는 시를 썼습니다. 이 분의 시에는 서술과 묘사는 없습니다. 그런 것들은 모두 생략하고 대뜸 이미지만 던집니다. 그렇기 때문에 시의 이해에 훈련되지 않은 사람에게는 전달에 장애를 일으키기도 합니다. 그렇다고 이 분의 시 읽기에서 이해가 전혀 불가능한 것은 아닙니다. 이 분의 시를 읽으면 에스프레소를 마신 것처럼 진하고 짜릿한 향기에 젖게 됩니다.

이런 현상은 같은 시대에 김춘수 시인과 박용래 시인에게도 있었습니다. 그랬기에 당대에는 김종삼 시의 향수가 조금은 무르거나 희석되었던 것이 아닌가 싶기도 합니다. 달리 말하면 김춘수 시인의 이론적 절제미학 때문에 김종삼의 시가 조금 그늘에 가려져 있었던 게 아닌가 싶기도 하고 박용래 시인의 짙은 향토적 정서와 질박한 슬픔 때문에 역시 김종삼 시인의 시의 전달이 조금 묽어진 것이 아닌가 싶기도 합니다. 앞에서 김종삼 시인의 시는 생전보다 사후에 더 많은 사랑을 받는다고 했지만, 그 이유는 바로 이러한 이유가 선행되어 있고 그런데다가 요즘 젊은 시인들의 시가 너무도 산문적이고 혼란해서 독자들로서는 이해불가능한 시가 많다는 데서 생기는 현상이기도 한 것 같습니다. 짧고 강하고 선명한 전달의 시가 독자에게 호소력을 갖는 건 당연한 일 아니겠습니까. 시를 볼까요?

내용 없는 아름다움처럼

가난한 아희에게 온
서양나라에서 온

아름다운 크리스마스카드처럼

어린 양(羊)들의 등성이에 반짝이는
진눈깨비처럼

김종삼 「북치는 소년」 전문

이 시를 읽는 사람이면 누구나 가슴 속에 작고 아름다운 크리스마스카드 한 장씩을 받는 느낌이 듭니다. 그 카드는 그것을 받기에는 충분치 않은 가난한 집, 가난한 아이에게 온 카드입니다. 그러기에 카드가 주는 애잔함과 애틋함의 장력(張力)이 더 커집니다. 아마도 카드 그림에 북치는 소년이 그려져 있고 그 아래에 등에 눈을 맞은 어린 양들이 그려져 있는 것 같습니다. 이 그림은 그러나 특별히 예수의 부활이나 성경의 어떤 구절을 이해하라고 강요하지도 않습니다. 그야말로 '내용 없는 아름다움'입니다.

그런데 옥에 티라고 할까요? 조금만 문맥의 됨됨이를 살펴보면 불필요하고 어색한 반복을 발견할 수 있습니다. 산문적이거나 유장한 형태를 지닌 시라면 이러한 반복은 숨어 있어 흠이 되지 않을 수도 있으나 이 시처럼 짧고 절약

된 언어의 시에서는 이것이 결함으로 노출됨을 피할 수 없습니다. 전체 56자밖에 안 되는 짧은 시에서 동어반복이 두 번 나옵니다. '아름다움'이라는 어휘가 그것입니다. 시 한 편이 56자라는 것은 우리 시에서 아주 드물게 짧은 형태입니다. 이는 평시조가 45자 내외라는 걸 생각하면 더욱 선명해지지요. 그러니까 평시조의 길이에 맞먹는 시를 김종삼 시인은 쓴 것이지요. 시인이 이 시를 쓸 때, '아름다움'이라는 말에, 다른 말로는 대체할 수 없는 어떤 매력을 느꼈던 것인지도 모르겠어요. 아니면 무의식적으로 그렇게 한 것일까요? 그러나 한 편의 시에서, 그나마도 짧은 한 편의 시에서 같은 어휘의 반복은 시의 의장(意匠)을 반감시키는 역효과를 발생시킵니다. 최소한, 첫 행에서 '내용 없는 아름다움처럼'이라고 썼으면 뒤의 4행에서는 아름다움이라는 말을 빼고 '조그마한 크리스마스카드처럼' 정도로 썼으면 좋았을 것입니다. 그리고 2연의 1. 2행,

　　가난한 아희에게 온

　　서양나라에서 온

　　이라는 2행 역시 '온' 이라는 동사형 어미의 중복도 시를

읽는 데는 매우 어색합니다. '가난한 아희에게 온 / 서양나라의 크리스마스카드'라고 했어도 아무 무리가 없습니다. '등성이'라는 말도 마찬가집니다. 기실, 양의 등성이는 문법적 의미로는 틀리지 않습니다만, 그러나 우리의 언어 관습으로는 그냥 '등' 혹은 '등어리'라고 하는 것이 더 자연스럽습니다. 왜냐하면 '등성이'는 산등성이에 더 잘 어울리는 말이기 때문입니다.

이런 오류는 김수영 시인에게는 더 많이 발견됩니다. 김수영 시인의 시는 그가 쏟아내고 싶어 하는 직정(直情) 때문에 가끔 언어의 질서에 파탄을 일으키는 예가 많습니다.

우리들의 적은 늠름하지 않다
……
그들은 민주주의자를 가장하고
자기들이 양민이라고도 하고
자기들이 선량이라고도 하고
자기들이 회사원이라고도 하고
전차를 타고 자동차를 타고
……
우리들의 적은

시골에도 있고 해변가에도 있고
서울에도 있고 산보도 하고
영화관에도 가고
애교도 있다

김수영 「하, 그림자가 없다」 부분

이 시에 대해서는 저의 다른 글에서 한 번 지적한 일이 있습니다만(『땅 위의 날들』 민음사. 정신의 열대, pp.260-261) 여기서 다시 한 번 말씀 드리자면, 이 시의 후반부는 '시골에도 있고, 도시에도 있고'여야 하는데, '시골에도 있고 해변가에도 있고'입니다. 더욱이 '해변가'는 '해변'이어야 합니다. 그리고 영화관에도 가고 술집에도 간다'여야 하는데 '영화관에도 가고 애교도 있다'입니다. 이는 규범문법으로는 용인이 안 되는 완전한 비문(非文)입니다. 의미의 평형에서 파탄을 가져옵니다. '서울에도 있고 대구에도 있다'여야 하는데 '서울에도 있고 산보도 하고'이니 문(文)의 호응이 이루어지지 않은, 불균형한 구절이 되고 말았습니다. 그런 점, 김수영은 정신의 치열함을 화살처럼 날려 보내는 일에 급급한 나머지 언어적 맥락과 규범을 별로 생각하지 않앗던 사례가 됩니다. 하나 더 볼까요?

에비는 종이었다 밤이 기퍼도 오지 않았다
파뿌리같이 늙은 할머니와 대추꽃이 한 주 서있을 뿐이었다
어매는 달을 두고 풋살구가 꼭 하나만 먹고 싶다 하였으
나⋯ 흙으로 바람벽한
호롱불 밑에 손톱이 깜한 에미의 아들

서정주 「자화상」 부분

시인의 가계와 이력이 들어 있는 이 시 「자화상」은 일제
라는 시대상과 맞물려 공감을 자아내는 시로 읽혀왔고 그
런 점에서 사랑받아온 시입니다. 그런 점에서 시인의 대표
작 중의 하나로 꼽히기도 하지요.

그런데 이 시에서도 조금만 꼼꼼히 읽으면 문맥적 오류
가 발견됩니다.

파뿌리같이 늙은 할머니와 대추꽃이 한 주 서있을 뿐이었다

에서 '대추꽃이 한 주' 서 있을 수는 없고 '대추나무가 한

주' 서 있어야 합니다. 이 정도의 철자 하나가 뭐 대수냐고 묻고 싶은 사람이 있을 지도 모르지만 시는 긴 서술 형태를 지니는 언어 양식이 아니고 압축된 정서를 압축된 언어로 전달하는 양식입니다. 그러기에 자구(字句) 하나, 자모(字母) 하나가 시의 의장을 바꾸는 힘을 가집니다. 시징주 시인의 시 역시 처절한 영혼의 울림 혹은 시인의 절규하는 목소리를 들려주려 하기 때문에 문맥의 질서에는 마음을 쓰지 않았던 것이 아닌가 합니다.

그러나 위에서 예로 든 시인들의 시가 이러한 문맥적 혼란 때문에 전달이 불가능한 것은 아닙니다. 독자들은 이런 시들에서 더 큰 목소리를 혹은 더 진한 울림을 받거나 더 큰 감동을 받기도 합니다. 마치, 초등학교 3학년짜리 누나와 6살짜리 동생이 주고받는 동화읽기의 『홍길동전』이야기처럼 말입니다.

본래 시에는 시가 가지는 문법이 있습니다. 이는 규범문법에서 말하는 문법과는 다른 질서를 가집니다. 그래서 어떤 언어학자는 '시의 문법, 문법의 시poetry of grammar, grammar of poetry'라는 말을 써서 시의 문법과 문법의 시를 구별하기도 했습니다. 시가 가지는 비문법적인 모습들을 옹호하려는 것이지요. 시가 규범문법만을 따른다면 시적인 재미와 맛은 반감(半減)될 것입니다. 시는 끝없이 문법을 파괴하면서 문법을 창조합니다. (풀잎시 축제, 부산 영도 강연, 2014. 11. 21)

시의 고향을 찾아서

봄이 오고 있네요. 언제나 봄은 어머니의 품 안 같이 포근하게, 누나의 볼웃음 같이 다감하게 오지요. 이런 때면 누구의 가슴속이든 시정(詩情)이 싹트기 마련입니다. 저는 4계절 중 봄을 가장 좋아합니다. 그래서 봄은 시의 계절이라 저는 말합니다. 봄이 되면 저는 늘 이 시를 읍니다.

산새도 오리나무 우헤서 운다
산새는 왜 우노 시메산골
영 너머 갈라고 그래서 울지
눈은 니리네 와서 덮이네
오늘도 하룻길 칠팝십리

돌아서서 육십 리는 가기도 했소
불귀불귀 다시 불귀
산수갑산에 다시 불귀
사나히 속이라 잊으련만
십오년 정분을 못 잊겠네
산에는 오는 눈 들에는 녹는 눈
삽수갑산 가는 길은 나그네 길

김소월 「산」

이 시의 배경이 되는 계절은 아마도 지금쯤 되는 3월 중
·하순이 아닌가 싶네요. 소월이 '진달래꽃 아름 따다 가
실 길에 뿌리우리다'라고 노래한 영변, 그 영변 약산, 평안
북도 정주군 구성면 곽산은 지금은 핵 폐기장이 있다 하니
얼마나 산간오지이겠습니까, 그곳을 열다섯 살 먹은 소년
이 등에 류색을 메고 고향을 떠나고 있습니다. 왜 떠날까
요? 할아버지의 엄명에 못 이겨 서울로 유학을 떠나고 있
는 것입니다. 그래서 시의 첫 행이 이렇게 시작됩니다.

산새도 오리나무 우헤서 운다

그런데 잘 보세요. 우리의 언어생활은 습관상 첫 마디부터 조사 '도'가 오지는 않습니다. '도'는 앞 말이 한 번 나온 뒤 두 번째 그 말을 강조하거나 되풀이 할 때 그러니까 '역시' 혹은 '같이'라는 의미를 수반할 때 '도'가 옵니다. 그렇지 않으면 첫 마디에는 주격조사 '이·가·은·는'이 와야 합니다. 그러니까 이 시의 첫 행은,

산새가 오리나무 우혜서 운다
혹은
산새는 오리나무 우혜서 운다

처럼 '도'가 아니라 '가' 혹은 '는'이 되어야 합니다. 그런데 이 시는 첫 마디부터 대뜸, '산새도'라는 반복어법을 쓰고 있습니다. 왜 그럴까요? 잘 읽으면 여기서 시의 재미, 시 읽는 재미를 느끼실 수가 있습니다. 어떤 재미일까요?

소년은 십오 년 정든 고향을 떠나고 싶지 않습니다. 그러나 할아버지가 보내주는 서울로 유학을 가지 않을 수 없습니다. 소월의 집안은 비교적 부유했다고 합니다. 아버지는 철도공사의 일을 하던 중 일본 사람들에게 매 맞아 시름 시름하다가 일찍 죽고 소월은 할아버지 손에서 자랍니

다. 산과 물과 하늘을 좋아하던 어린 소년은 그래서 꽃 피고 새 우는 정든 고향이 떠나기 싫습니다. 고향을 떠나기 싫은데 떠나야 하는 마음, 그러니까 시인은 마음속으로 울고 있는 거지요. 그래서 시행의 '산새도' 오리나무 우혜서 운다는 구절은 '내가 울면서 영(嶺)을 넘는데 산기슭에 있는 오리나무를 바라보니 산새도 울고 있네'라고 읽어야 한다는 것입니다. 내가 울면서 재를 넘는데 산새도 나처럼 울고 있구나, 입니다. 얼마나 절절한 묘사입니까! 더욱이 '오늘도 하룻길 칠팔십 리 / 돌아서서 육십 리는 가기도 했'다 하니, 발걸음은 하루에 칠팝십 리를 갔지만 마음은 고향 쪽으로 육십 리를 되돌아 간 것입니다. 그런 걸음으로 언제 서울에 도착하겠습니까? 어린 소년은 서울에 도무지 가고 싶지 않은 것입니다. 아마도 고향 마을에서 서울로 가는 기차역까지 가는 길이 아니었나 싶습니다만, 기차역까지 하루에 칠팔십 리를 걸었으니 그 궁벽한 산골마을은 그래서 '삼수갑산'입니다. 물이 세 번 산을 돌아 나가는 골짜기 마을이지요.

저는 삼수갑산, 골짜기는 아니지만 그와 비슷한 산골에서 자랐습니다. 어디냐구요? 경상남도 거창군 가조면 석강리입니다. 상전벽해라는 말이 있듯이 지금은 저의 고향인

가조(加祚; 복을 더하는 땅이라는 뜻)에는 대구-광주 간 고속
도로가 나고 수질이 좋다고 이름이 난 온천이 자리하고 있
습니다만 제가 중학에 다닐 때까진 밤이면 도깨비가 나온
다는 어둡고 쓸쓸한 산속 마을이었습니다.

중학교에 들어가 국어책에서 소월시를 만나면서 저의
진로는 결정이 된 것 같습니다. 시골 마을에는 서점이 없고
더욱이 제가 컸던 시골집에는 책이 한 권도 없었습니다. 아
버지와 어머니는 농부였습니다. 누나는 초등학교를 나와
집에서 가사를 도우며 틈나면 십자수(十字繡)를 놓던 순박
한 산골 처녀였지요. 그런 가정이니 어디서 읽을거리가 있
었겠습니까? 저에게 유일한 읽을거리는 학교에서 받아온
교과서뿐이었지요. 그래서 국어책은 받아오는 날 하루 만
에 다 읽어버렸습니다. 거기에 실린 시들은 저의 유일한 읽
을거리였습니다. 거기에 나오는 시를 저는 읽고 또 읽었습
니다. 읽다가 보면 그 시가 제 머릿속에, 세 마음속에 새벽
별빛같이 반짝이며 남게 되었지요. 그때 읽은 시들, 특히
소월 시는 아직도 제 머릿속에 남아 있어 지금도 외우려면
한 마흔 편은 욀 수 있습니다. 보세요.

그립다

말을 할까
하니 그리워

그냥 갈까
그래도
다시 더 한 번……

저 산에도 까마귀, 들에 까마귀
서산에 해 진다고
지저귑니다.

앞 강물, 뒷 강물,
흐르는 물은
서로 따라오라고 따라 가자고
흘러도 연달아 흐릅디다려.

김소월 「가는 길」 전문

해가 지고 있습니다. 해질 녘엔 누구나 그리움이 더 해갑
니다. 참고 참다가 '그립다'라고 말을 하려니 더욱 그리워

집니다. 산과 들에 까마귀들이 서산에 해가 진다고 지저귑니다. 어둠이 오기 전에 어서 가야한다고 앞 강물과 뒷 강물도 재촉하며 흘러갑니다. 흐르는 물은 그치지 않고 그리움은 뭉텅뭉텅 강물 따라 가고 싶어지는 황혼녘입니다. 그런데, 맨 끝 행을 보세요. 흘러도 연달아 '흐릅디다려'에서 '려'가 갖는 의미는 무엇입니까? 의미를 가진 말을 문법에서는 실사(實辭)라고 하는데 여기서의 '려'는 실사가 아닌 허사(虛辭)입니다. 뜻을 갖지 않는 말이라는 거지요. 그런데 뜻을 가지지 않은 이 말 즉 허사가 시에서는 큰 역할을 합니다. 이렇게 되면 이제 곧 운율론이 되는데 그런 운율론(Metrics)을 여기서 말할 계제는 아닌 것 같아 생략합니다. 다만 '려'가 없으면 어떻게 되는가만 살펴보겠습니다.

앞 강물 뒷 강물 흐르는 물은
서로 따라 오라고 따라 가자고

는 두 행 모두 앞은 6음절 혹은 7음절, 뒤는 5음절입니다. '앞 강물 뒷 강물'은 6음절이서 7음절이 파괴되는 것 같지만 이는 모음의 길이(duration)를 재는 방식, 즉 모라(mora)의 방식으로 읽으면 6음절이 7음절로 읽힐 수가 있습니다. 모라방식은 모음의 길이를 수치로 측정하는 방식인데 단모음의 길이는 1, 장모음의 길이는 2로 읽는 방식입니다. 아마도 '앞 강물 뒷 강물'에서는 '뒷'의 'ㅣ'음이 2로 읽힐 수 있지 않을까 합니다. 그렇게 하면 두 행이 모두 7.5 음절로 이루어져 있다는 것을 알게 되고 이 7.5음절을 우리는 지금까지 '7.5조' 또는 '민요조'라는 이름으로 불러왔다는 것을 여러분은 학교 다닐 때 배워서 알 것입니다. 이 민요조의 형식에 대해서는 그 동안 많은 논란이 있어왔는데 그런 복잡한 이야기는 여기서는 줄이기로 하겠습니다. 그러면 남은 마지막 행,

흘러도 연달아 흐릅디다려

를 봅시다. 이 행에서 '려'가 없으면 율독(律讀, scansion)이 깨어집니다. '흘러도 연달아 흐릅디다'라고만 읽으면 이 시 읽기는 아주 싱거워지거나 어색한 것 즉 카코포니(cacophony)가 되어 버립니다. 이런 음률을 소월은 감수성으로 알고 있었습니다. 물론 오늘날 우리가 말하는 운율이라든지 율독이라든지 하는 용어는 그때까지는 없었기에 소월이 그 말 자체는 몰랐겠지만 오늘날 우리가 말하는 이

용어들에 걸맞는 감각을 소월은 갖고 있었던 것입니다. 그러한 유포니 즉 즐거운 음, 낙음(樂音)을 만들기 위해 '흐릅디다'라는 말로 끝맺지 않고 말뜻을 담고 있지 않은 '려'를 붙여서 '흐릅디다려'로 만든 것입니다. 그렇다면 누가 소월이 운율을 몰랐다고 하겠습니까.

제가 소월을 좋아하니까 소월 시에 억지로 의미를 붙이려는 것이라고 생각할지도 모르겠습니다만, 그런 것은 결코 아닙니다. 소월의 초고(草稿)를 보면 물 흐르듯 흘러나오는 듯한 시일수록 더 많은 퇴고를 했다는 것을 눈으로 확인할 수가 있습니다. 어떤 시는 원고지 여백에 새까맣게 퇴고를 한 흔적이 남아 있어요. 단국대학교 역사박물관에 있던 김종욱 선생이 저한테 준 소월의 초고를 보면 그것을 볼 수 있습니다. 이것은 나중에 나온 그 분의 『김소월 전집』본문 앞면에 여러 페이지로 영인되어 있습니다. 김종욱 선생은 서지학자(書誌學者)입니다.

우리 시사 100년 가운데 가장 많이 읽히고 가장 많이 사랑받는 시와 시인이 누구입니까? 가끔 설문 주체에 따라 조금씩 변화가 있기는 하지만 소월 시만큼 많이 읽히고 사랑받는 시와 시인은 없습니다. 우리는 흔히들 베스트셀러를 말하지만 우리 시사에서 베스트셀러이자 스테디셀러는 바로 소월시집 『진달래꽃』 아닙니까.

시집 『진달래꽃』은 1925년 12월 26일, 매문사에서 초판이 발행되었지요. 소월이 1902년에 태어나 1934년에 작고했으니 집의 나이로 33살, 생전에 한 권만을 남기고 작고한 시인의 시집이 사후에 600종이나 발행되었다니 놀랍지 않습니까? 그 뿐입니까? 소월의 시가 노래로 작곡된 것만도 300곡이 넘는다 하지 않습니까? 짧게 살고 길게 남는 시인이라면 단명한 삶을 그렇게 한탄할 일만은 아니겠지요.

저는 오늘의 제 이야기 제목을 '시의 고향을 찾아서'라 했는데 저의 시의 고향은 바로 김소월 시집 『진달래꽃』이라는 말을 한 것입니다. 저의 말을 여기서 마칠까 합니다. 아, 한 가지만 덧붙이겠습니다.

『진달래꽃』이 우리나라의 문화재로 등록이 되었다는 것을 며칠 전 어느 신문에서 보았는데, 2015년 12월 31일자 신문에는 이 시집이 서울 인사동 화봉현장 경매에서 1억 3,500만 원에 낙찰되었다고 하네요. 시집 간행 90년만의 일이랍니다. 소월이 영원히 살아있다는 증좌입니다. 경하해야 마땅한 일입니다. (덕진도서관, 전주 강연, 2012. 3. 14)

시를 읽으면 행복해집니다

　시인은 우주를 유영하는 사람입니다. 무슨 무슨 경향, 무슨 무슨 주의라는 덫을 씌우는 일은 그 시나 시인에 대해 옳은 정의가 아닙니다. 한 시인이 일생 동안 쓴 시가 1천 편이 넘는다고 할 때 그 시 1천 편은 경향이 같을 수도 있고 다를 수도 있습니다. 그러기에 그 시인이 쓴 많은 시를 단 하나의 이즘(Ism)으로 묶는 일은 유익하지도 않고 옳은 일도 아닙니다.

　청마 유치환 시인이 통영여자고등학교에 잠시 국어교사를 했던 때가 있었어요. 저는 학생 시절에 청마 선생을 세 번 정도 만났는데, 제가 만난 청마는 참말 바위같이 무뚝뚝하고 말이 없는 시인이었습니다. 그런 청마가 국어 시간에 학생들에게 무슨 이야길 했는지는 궁금한 일이기도 하지만, 그날은 여학생들이 자꾸만 청마를 졸라대었던가 봐요.

'선생님, 오늘은 책 대신 재미있는 이야길 해 주세요'

라고 말이에요. 여학생들의 성화에 못 이겨 청마가 이야길 시작했던가 봅니다. 청마는 본래 입담이 있거나 재미를 살리며 이야기하는 시인이 아니었습니다. 이야기는 이랬답니다.

시인(청마)이 어느 여름날 점심을 먹고 느티나무 아래서 잠시 잠을 잤던 모양입니다. 여름날 시골에서는 흔히 볼 수 있는 풍경이지요.

내가 느티나무 아래서 잠을 자고 있는데 갑자기 이마에 쬐끄만 나무열매가 툭 떨어졌어,

하고는 한참 뜸을 들이는 사이, 여학생들은 다음에 무슨 말이 이어질지 궁금해 조용히 귀를 기울였던가 봐요. 여학생들은 맘속으론 '아-, 다치진 않으셨어요?'라 했을지도 모르지요.

그런데 말이야, 너희도 생각해 봐, 그 열매가 호박만큼 큰 열매였다면 내가 어떻게 되었겠느냐, 다행히 그 열매는 작은 열매였단다. 그때 나는 깨달았어, 큰 나무에는 작은 열매가 열리고 작은 채소넝쿨에는 호박 같이 큰 열매가 열

린다는 걸, 그것이 우주의 원리라는 걸….

학생들의 표정이 어땠을까는 여러분이 짐작하세요. 깔깔 댔을까요? 아니면 참말 그렇구나, 하고 진지한 표정을 지었을까요?

청마가 결혼식을 올리는 날 소년 김춘수가 꽃다발을 들고 결혼식장에 간 일은 다른 데서도 이야기 했습니다만, 지금도 통영의 서피랑이라는 언덕에 올라가는 길목에 통영중앙교회가 있습니다. 이 교회가 소년 김춘수가 화동(花童)을 했던 그 교횝니다. 통영 가시면 여러분도 한 번 가 보세요.

오늘은 아름다운 진주에 왔으니 진주에 알맞은 소담스런 시 두 편을 낭독해 드릴까 합니다.

이 시인은 우리의 시인 윤동주도 좋아했고 저도 좋아했던 프랑스 시인의 시입니다.

참으로 위대한 사람의 일이란
나무병에
우유를 담는 일
꼿꼿하고 살갗을 찌르는
밀이삭들을 따는 일
암소들을 신선한 오리나무들 옆에서

떠나지 않게 하는 일
숲의 자작나무들을
베는 일
경쾌하게 흘러가는 시내 옆에서
버들가지를 꼬는 일
어두운 벽난로와 옴 오른
늙은 고양이와, 잠든 티티새와
즐겁게 노는 어린 아이들 옆에서
낡은 구두를 수선하는 일
한 밤중 귀뚜라미들이 날카롭게
울 때 처지는 소리를 내며
베틀을 짜는 일
빵을 만들고
포도주를 만드는 일
정원에 양배추와 마늘의
씨앗을 뿌리는 일
그리고 따뜻한
달걀을 거두어들이는 일

프란시스 잠 「참으로 위대한 사람의 일이란」 전문

이번에는 역시 프랑스 시인이자 소설가인 조르주 상드
의 시 한 편입니다.

나는 덤불 속에 가시가 있다는 것을 알지만
그렇다고 꽃을 찾던 손을 멈추지는 않겠네
그 안의 꽃이 모두 아름다운 것은 아니지만
만약 그렇게라도 하지 않는다면
꽃의 향기조차 맡을 수 없는 것이기에

꽃을 꺾기 위해 가시에 찔리듯
사랑을 구하기 위해서는
내 영혼의 상처도 감내하겠네
상처받기 위해 사랑하는 게 아니라
사랑하기 위해 상처받는 것이기에

조르주 상드 「상처」라는 시 전문입니다.
마지막 두 행을 여러 번 읽어보세요. 그러면 상드의 마음
이 여러분께 전달될 것입니다. 상드는 '사랑의 괴로움'이
나 '사랑의 상처'를 말하기 위해 '덤불 속 가시나무'를 이야
기 하고 '손가락을 찔리면서 가시덤불 속에 손을 넣어 꽃

을 꺾는' 이야기를 곁들입니다. 그러면서 상드가 하는 말은
'상처받기 위해 사랑하는 게 아니라 / 사랑하기 위해 상처
받는 것이'라고 하지 않습니까.

저는 저의 시 「눈 오는 밤에는 연필로 시를 쓴다」라는 시
의 후반부에서 '조르주 상드니 버지니어 울프 샬롯 브론테
니 앨프렛 테니슨'의 이름을 불렀습니다.

> 눈오는 밤에는 옛날의 책들
> 조르주 상드니 버지니아 울프
> 샬럿 브론테니 앨프리드 테니슨,
> 읽으면 금방 한숨이고 눈물인
> 김소월이니 백석이니
> 그런 이름을 A4용지 다섯 장에
> 덧없이 끄적거리고 싶다

이 시인들은 모두 낭만주의 시대에 뛰어난 작품들을
남긴 작가, 시인들입니다. 그 가운데서도 조르주 상드는
(1804~1876)는 이 세상에 와서 일흔두 살을 살면서 많은
작품을 썼고 많은 예술가들과 사랑을 했던 작가입니다.

낭만주의는 본래 천재적인 재능과 무한한 상상력을 가

진 사람들의 예술정신의 신천지였습니다. 상드는 자신이 천재적인 재능이 있었을 뿐 아니라 자신이 가진 천재성을 자기가 사랑하는 예술가들에게 남김없이 쏟아 부어 주었던 예술가이기도 합니다. 그래서 사람들은 그를 두고 '천재들에게 무한한 영감을 주며 때로 천재들의 영혼을 파괴하면서 사랑한 여자'라고 기록하기도 합니다. 일생을 고독한 영혼을 어루만지면서 글을 썼던 도스토옙스키조차 상드를 연모했다고 하지 않습니까. 뿐 아니라 그는 시인 뮈세와 작곡가 쇼팽의 연인이기도 했습니다. 전하는 바로는 상드가 사랑한 연인은 2천 명이 넘는다고 하는군요. 그렇다면 그에게는 사랑이 바로 삶이었던 것이지요. 그가 남긴 소설로는 〈마의 늪〉〈양치기 소녀〉〈소녀 파데트〉〈렐리아〉 등이 있습니다만 오늘은 그의 짧고 강한 시 한 편을 여러분께 소개해 드렸습니다. (진주문학회, 진주 강연, 2003. 10. 18)

음악이 영혼을 깨운다

제가 최근에 자주 듣는 음악이 하나 있기에 그 이야기를 조금 할까 합니다. 사라 브라이트만(Sarah Brightman)이라는 영국의 여성 팝가수 이야기입니다. 이 가수를 아마 여러분들은 잘 알고 있으리라 생각합니다. 저는 우연히 자동차를 운전하다가 황인용이라는 음악 해설가가 음악 이야기를 하면서 이 가수를 극찬하는 걸 들었습니다. 그 전까진 저는 이 가수 이름을 한두 번 들은 것도 같긴 하지만 마음을 가지고 그 목청에 귀를 기울인 적은 없었습니다. 황인용 씨가 소개하는 말은 '저런 목소리를 가진 딸을 낳은 그 어머니가 더욱 자랑스러워 보인다'는 것이었습니다. 그러고 난 뒤 브라이트만의 음악을 한 곡 들려주더군요. 바로 그녀의 대표곡 「Time to say goodbye」였습니다. 나는 노래를 듣자마자 그 노래에 취했습니다. 음악의 물결에 따라 몸이 흔들려 운전이 잘 안 되더군요. 그리고 곧장 대구 교보문고 1층에 가서 브라이트만의 음반 하날 샀습니다. 음반에는 14곡이 저장되어 있고 그 가운데는 「오페라의 유령」 「누가 영원히 살기를 원하는가?」 「넬라 판타지아」 「안녕이라고 말 할 때」 등 뛰어난 목소리가 담긴 곡들이 그 안에 들어 있더군요. 마침내 저는 이 디스크를 자동차에 꽂고 다니며 시간 날 때마다 듣게 되었습니다.

대중음악에는 '팝페라'라는 게 있다더군요. '팝페라'는 팝과 오페라의 합성어랍니다. 그러니까 브라이트만과 같은 가수들이 부르는 노래가 바로 팝페라에 해당하는 것 같습니다. 저의 귀는 음악에는 어둡지만 그러나 저의 가슴은 좋은 음악을 담을 줄은 압니다. 브라이트만의 목청은 그냥 좋습니다. 그래서 듣습니다. 뭐랄까요? 차디찬 물결이 바람을 가르며 흘러가는 소리, 짝을 잃은 큰 새가 제 짝을 찾아 울며 나는 소리, 얼음 위에 눈꽃이 부딪는 소리, 가슴 한쪽을 꾸욱 찌르는 비창(飛愴) 같은 소리….

그리고 또 있습니다. 에디뜨 삐아프입니다. 저는 오래 전부터 에디뜨 피아프의 노래를 좋아했습니다. 에디뜨 삐아프를 좋아하는 건 저만이 아니라 세계의 남자들이 다 좋아하는 것 같습니다. 여성들도 좋아하는 지는 잘 모르겠습니다만 남자들이 더 좋아하지 않는가 싶어요. 그의 속삭이는 듯한, 이야기 하는 듯한 노래와 가사를 들으면, 시간이 흐르지 않고 그 곁에 머무는 듯해요. 바쁜 일상에서도 그녀의 노래를 들으면 그만 바쁨을 잊어버립니다. 그렇다고 마냥 한가하지도 않은 시간이 곁에 와 머물거든요. 그녀는 노랠 부를 때, 남이 듣거나 말거나 혼자 좋아서, 자신에 도취해서 흥얼거리는 듯해요. 오래 전 이가림 시인의 시 속에 에디트 삐아프가 나오는 걸 보고 그가 어떤 가수인가 궁금했는데 그의 노래를 듣고 난 뒤 아, 그랬구나, 하는 감탄을 자아낸 적이 있습니다. 푸른 숲에서 우는 작은 새의 속삭임, 그런 말이 그녀의 노래에 알맞을 것 같아요. 그랬으니 그토록 까다롭고 자존심 높기로 유명한 철학자 사르트르가 그녀를 위해서만은 노래 가사를 지어줬다 하지 않습니까. 사르트르는 그 많은 글 가운데 시에 대해서는 거의 말한 적이 없고, 말했다 해도 시를 칭송해서 말한 적은 별로 없습니다. 그리고 그는 시를 쓴 적이 없는 사람입니다, 그런데도 에디뜨 삐아프를 위해서는 가사를(그걸 시라 해도 될는지 모르지만) 썼다고 하지 않습니까? 그러니까 제가 듣기로는,

브라이트만의 목청은 에디뜨 삐아프와 한국의 소프라노 조수미의 결합이라면 될는지 모르겠어요?

그런데 경주에서 시를 쓰며 사는 시인 김성춘이 몇 년 전에 에디뜨 삐아프에 대해서 또 시를 썼더군요. 김성춘 시인은 음악교사를 한 시인입니다. 그가 쓴 시의 본문을 보기전에 각주부터 볼까요.

에디뜨 삐아프; 프랑스의 신화적인 샹송가수, 1차 대전후 파리 빈민가 떠돌이 가수인 어머니가 길에서 낳음, 생후 2개월 만에 어머니 잃고 외할머니 손에서 자람. 15세 때외할머니 집에서 나와 떠돌아다니며 노래 부르기 시작. 목로주점 바텐더와 사랑에 빠져 아이를 낳고 버림을 받음, 사랑하는 아이를 살리기 위해 몸을 파는 삶을 시작함. 그리하여 에너지 넘치는 영혼의 노래를 부르는 샹송 가수가 됨. 철학자 사르트르도 그녀의 노래를 격찬함, 그녀가 47년 사는 동안 세 번의 결혼을 함. 나는 연애를 많이 했지만 단 한 사람밖에 사랑하지 않았다고 고백함. 단 한 사람은 유럽 헤비급 챔피온 마르셀 세르당이었다. '사랑의 찬가'는 그녀가애인 마르셀을 위해 부른 영혼의 노래였다.

그리고 시는 이러했어요.

한 사람

- 쉬지 말라 인생은 햇살처럼 지나가 버린다 -

괴테 / 에디뜨 삐아프

심장을 역류하는 듯

그녀가 부르는 '사랑의 찬가'는 애절하다

마르셀은 그녀의 애인, 유럽 헤비급 권투 챔피언

권투시합을 마친 마르셀은 그날

뉴욕 행 비행기에 오른다

그녀를 만나기 위해서다

그런데 세상에!

마르셀이 탄 비행기가 대서양 한 가운데서 바다 속으로 추

락하고 만다

그날 밤

애인의 비극적 소식을 접한 에디뜨 삐아프

비통한 심정으로 무대에 올라

관중들에게 조용히

말한다

오늘 밤은 마르셀 세르당!
당신만을 위해서 노래하겠습니다
내 사랑
오직 당신만을 위해서!
〔전문〕

위의 시는 아마도 시인이 '사랑의 슬픔' '사랑의 절망'을
부각시키고자 한 의도로 쓰인 것 같습니다. 그러면서 이 시
는 마르셀 세르당과의 연애가 에디뜨의 마지막 연애처럼
묘사되어 있습니다. 그러나 에디뜨의 연애는 여기서 끝나
지 않았습니다. 마르셀이 죽은 뒤 다시 그녀는 21살 연하
(年下)인 그리스 청년 테오를 만나 사랑을 하고 테오를 위
해 「난 후회하지 않아요」라는 노래를 부릅니다. '난 모든
것을 거쳐 왔고 모든 것을 버렸다'면서 말이에요. 그런 에
디뜨는 48살 때 테오의 품에 안겨 마지막 숨을 거둡니다.
그러니까 에디뜨는 사랑의 힘으로 살았고 사랑의 힘으로
노래 불렀고 사랑하는 사람의 품 안에 살다가 눈을 감은
여자라고 하면 될 것 같습니다. 어찌 에디뜨뿐이겠습니까?

누가나 살아보면 사랑보다 더 위대한 것은 없다는 생각이
들 때가 있습니다. 그 사랑이 어떤 종류의 것이든 간에 말
입니다. (교원 연수회, 위덕대학교 강연, 2003. 8. 10)

문화의 수준을 생각한다

스테판 말라르메의 「목신의 오후」에 관한 이야기입니다.

더운 여름날 오후, 그 목신의 추억은 꿈과 같다.

들려오는 피리 소리의 환상인가, 반짝이는 호수 위의 백조
인가

순박한 꿈과 같은 그것은 물의 요정인가

사랑의 정열로 사로잡으려고 할 때 그것은 너무나 희미한

환상의 그림자

부드러운 사랑의 육체를 포옹하여 관능의 희열을 느낀 그

무엇

추억은 거품과 같이 무더운 여름날의 피곤

초록은 시들고 잡을 수 없는 황홀

스테판 말라르메 「목신의 오후」 부분

이 시는 화자(話者)가 시칠리아 해변 숲 속의 그늘, 목신 판이 목욕하는 요정을 보고 환상적인 충동으로 요정에게 다가가 요정의 머리카락에 입을 맞추고 에로틱한 몽상에 젖는 내용입니다. 아시다 시피 이 시는 분위기만 있고 사실적인 전달이 애매하거나 제거된 시입니다. 그래서 이 시에서부터 유럽시사에 '상징주의'라는 말이 등장하게 됩니다.

스테판 말라르메는 중학 교사였지만 시의 나라에서는 한 유파의 제왕이라고 해도 될 정도의 중요한 시인입니다. 말라르메의 시 「목신의 오후」는 이해하려면 할수록 더 멀리 달아나는 시, 그러니까 해석을 하려면 해석에서 더 멀어지는 시입니다. 그의 시에는 프랑스어 사전에도 나오지 않는 말이 있습니다. 'PTYX'라는 단어가 그것입니다. 연구자들이 이 말을 구구하게 설명을 했지만 아무 것도 그 말의 뜻에 적중한 것이 없다고 해요. 그래서 말라르메 자신이 이 단어에 대해 이렇게 말했다고 합니다.

'이 말은 사전에 없다. 다만 그 말에서, 바닷가, 파도에 밀

려오는 조개껍질 소리를 들을 수 있으면 그만이다'

재미있잖아요? 그러니까 말라르메는 독자에게 마음의 귀를 가지라고 일갈하는 거지요. 청각의 시각화라고나 할까요?

그런데 이 어려운 시를 프랑스 사람들은 그 시대에 일상적이고 보편적으로 즐겼다고 하는 것이 놀랍습니다. 그 시대란 19세기 중 · 후반입니다. 말라르메가 1842년에 태어나 1898년까지 살았으니까요. 프랑스 사람들에겐 그런 일상적인 즐김은 시만 아니라 모든 예술에 공히 나타나는 현상이었던 것 같습니다.

이 시를, 이 어려운 시를, 끌로드 드비시라는 작곡가가 전주곡을 붙여「목신의 오후의 전주곡」을 만들었고, 화가 마네가 판화로 만들어 보급했다지 않습니까. 드비시는 1862년에서 1918년까지 살았던 인상주의 작곡가였는데「목신의 오후의 전주곡」을 1892년에 만들었으니 그의 나이 서른 살 때였지요. 마네는 두루 알다시피「해 뜨는 풍경」에서 받은 인상을 그려 인상주의 화풍의 창시자가 된 사람 아닙니까? 어디 그뿐입니까? 디아길레프라는 무용가 또한 이 시에 대본을 붙여 춤을 완성하고 그 춤을 무대에 올렸다고 하네요. 이만하면 난해한 시 한 편이 예술의 경계를 무너뜨리고 종합예술의 경지를 이룬 좋은 예가 된 것이라 할 수 있지 않습니까? 시가 전 예술 장르로 발전한 것이지요.

이 시대, 즉 19세기 중. 후엽, 우리로서는 조선조 후기쯤 되겠네요. 그땐 우리로서는 아직 현대시의 단계에 발을 들여놓지도 못한 때 아닙니까. 그런데 미안하게도 우리는, 아직까지도 마찬가지 현상에 머물러 있는 것 같습니다.

시는, 그리고 문학은 미술이나 음악에 비하면 늘 한 발자국 뒤에 가는 예술입니다. 시는 언어를 매제로 하기 때문에 미술이나 음악을 따라잡기가 어렵습니다. 미술의 선과 색, 음악의 멜로디는 직접전달의 예술이고 시는 문자를 이해하고 다시 그것을 머리로 이해해야 비로소 느낌이 오는 예술, 그야말로 간접예술이 아닙니까.

아름다움에는 설명이 필요 없습니다. 가장 아름다운 대상 앞에서 무슨 설명이 필요합니까? '아' 하는 찬탄만 있으면 되는 거지요. 꽃, 하늘색, 넓고 푸른 바다, 에메랄드, 흑요석, 장미와 모란, 고혹적인 여성, 그런 것 앞에서 무슨 큐레이터가 필요합니까. 참말로 아름답다면 그 앞에서는 그저 즐기면 됩니다. 맹목이라도 좋고 마니아가 되면 더 좋지요. 시도 그렇습니다. 즐기십시오. 찬탄하십시오. 그 속에

눕거나 잠드십시오. 셸리처럼, 키이츠처럼, 아, 예술 때문에 일찍 죽은 낭만주의 시인들처럼,

이제 여기서 아름다운 시 한 편을 읽읍시다. 롱펠로우(H.W Longfellow 1807-1882)의 시 「화살과 노래the arrow and the song」입니다. 여러분도 이 시 알고 있을 것입니다.

내가 쏜 화살은 어디로 날아갔을까?
한 순간에 저 너머로 사라진 그 화살을
바라본들 볼 수 있을까?

내가 부르는 노래는 어디로 울려 퍼졌을까?
한 순간에 저 너머로 울려 퍼진 그 노래를
귀 기울인들 들을 수 있을까?

먼 훗날 세월이 흐르고 흐른 뒤에야
나는 다시 보았네
떡갈나무 밑둥에
그대로 박혀있는 옛 모습의 그 화살을

먼 뒷날 시간이 가고 간 뒤에야

나는 다시 들었네

친구의 가슴에서

그대로 울리고 있는 그 시절 노래를

저는 1995년, 보스턴의 북쪽 한적한 한 동네, 롱펠로우
가 살던 집을 가 본 일이 있습니다. 하얀 목조 2층 건물이
었고 마당이 꾀나 넓었던 것으로 기억되는데 그 날은 마
침 휴관일이라 안에는 들어가지 못하고 밖에서 유리문 안
으로 롱펠로우의 흔적, 그의 사진과 유물 몇 점은 자세히
보고 돌아왔습니다. 그는 미국 메인주 포틀랜드에서 태어
나 그 곳서 자란 뒤 영어로 시를 쓴 시인이자 소설가이지
만 외국어에 능통해서 독일어, 프랑스어, 이태리어, 라틴
어, 스페인어 등을 능숙하게 구사할 수 있었던 사람입니다.
그렇기 때문에 보든대학과 하버드대학 등에서 고전언어학
교수 생활을 했지요. 그러나 그에게도 슬픔은 있었습니다.
젊은 아내 메리 포터가 출산 중 사망한 일이지요. 그는 그
아픔을 시로 써서 일약 세계적인 시인이 되었습니다. 그 시
가 바로 「에반젤린」입니다. 그러나 그의 작품은 지나치게
대중적이고 인기 영합적이어서 세계문학의 자리에 위치할
만한 시인으로서의 평가는 받질 못하고 있지요. 오히려 시

보단 그가 영어로 번역한 단테의 『신곡新曲』이 그의 더 큰 업적이 되고 있지요. 그러나 롱펠로우의 「에반젤린」이나 에드거 알란 포의 「애너벨 리」는 일종의 연애시이자 감상시(感傷詩)이지만 미국 시가 일반대중에게 파고드는 데 공헌한 시임에는 틀림이 없습니다.

오래고 오랜 옛날
바닷가 어느 왕국에
에너벨리라는 이름의
한 소녀 살았지요

이 소녀는 날 사랑하고
내 사랑을 받는 일만을 생각하며 살았습니다
…
하늘의 날개 달린 천사들도
그녀와 나를 부러워하는 사랑이었지요

그 때문이었습니다
오래 전 바닷가 왕국에서
구름으로부터 불어온 바람이

나의 아름다운 에너벨리를 싸늘하게 만든 것은

…

별들이 뜨면 반드시

아름다운 에너벨리의 빛나는 눈을 봅니다

그러기에 나는 밤이 새도록

내 연인, 내 생명, 내 신부의 곁에 몸을 눕힙니다

거기 바닷가 그녀의 무덤 곁에…

에드거 알란 포 「애너벨 리」 부분 생략

(교원 연수회, 대구 팔공산 강연, 2003. 8. 10)

시인의 이력서

민음사 〈오늘의 시인 총서〉로 나온 정현종 시인의 시선집 『고통의 축제』의 '시인 연보'에는 '지금 살아있음'이라고 쓰여 있습니다. 좀은 멋을 부린 이력서이긴 하지만 시인의 이력서는 이만하면 충분하다는 생각이 듭니다. 시인이 어디서 태어나고 어디서 공부를 하고 무엇을 하면서 살았고 누구를 사랑했느냐 하는 등의 이야기는 시인 연구자들에게는 도움이 되겠지만 시의 향수(享受)에는 별로 도움이 되지 않습니다.

저는 지금 '시인의 이력서는 아무 것도 쓰이지 않아야 하다'는 제목으로 여러분과 대화를 나누려고 합니다. 그래서 저도 정현종 시인처럼, '이기철, 지금 숨 쉬고 있음'이라고 했으면 좋겠는데 아직 그렇게는 못했습니다. 그러나 제가 여기서 그 말만 하고 입을 닫는다면 여러분은 어찌하겠습니까? 다들 집으로 돌아가야 하는 것 아닙니까. 시인의 말을 들으려 왔는데 시인이 '지금 숨 쉬고 있음'이라고 말하고 입을 닫아버린다면 강연은 거기서 끝이 나야 하는 것이겠지요.

현대음악에 지대한 영향을 끼친 작곡가로 존 케이지(John Cage)가 있지요. 이 사람은 미국 로스앤젤레스 출신으로 독일에 가서 활동한 사람입니다. 이 분의 작품 중에 「4분 33초」라는 곡이 있습니다, 이 곡은 연주회에 청중을 모아놓고 4분 33초 동안 음악은 없이 침묵만 흘려보내는 곡입니다. 참으로 기발한 발상이지만 여기에는 많은 뜻이 담겨 있지요. 그것은 사람이 만든 음악만 음악이 아니라 자연의 소리도 음악이라는 역설이 담긴 것입니다. 우연성의 음악이 진짜 음악이라는 가르침을 담고 있지요. 그런 예술운동의 선구자들에는 쇤베르크나 마르셀 뒤샹, 머스 커닝엄들이 있긴 합니다만 존 케이지가 우리에게 더욱 친근한 것은 한국이 낳은 세계적인 비디오 아티스트 백남준과의 관계 때문입니다. 존 케이지는 백남준의 스승이었으니까요.

그러나 저는 존 케이지의 음악처럼 지금 침묵할 수가 없습니다. 왜냐하면 지금, 여러분이 저의 앞, 이 자리에 와서 저의 이야기를 듣고 있다는 중압감 때문입니다. 청중은 언제나 말하는 사람의 스승이자 말을 이끌어내는 요청자이니까요. 그렇기에 어쩔 수 없이 저는 지금부터 조금 긴 저의 이력을 말할 수밖에 없습니다.

저는 몇 년 전에 「시인이 되어 암소를 타고」라는 시를 발표한 적이 있습니다. 그때 쓴 시를 다시 한 번 인용하겠습니다.

시인이 되어 암소를 타고 가면 보인다

태어나 그 동네밖엔 아무 데도 못가 본 나비가

세상 바깥은 알려고도 않는 도랑물의 송사리가

제 날개 닿는 하늘만 세상 전부인 줄 아는 잠자리 떼가

암소를 타고 짚신을 신고 가면 보인다

아직도 옛날 옷 그대로 입고 봄 마중나온 꽃다지가

엉덩이에 똥을 묻히고도 부끄러운 줄 모르는 암소가

이제는 서 있기도 힘겨워 그만 누워도 괜찮을 뒷동산 소나무의 생애가 …

이쯤이면 여러분은 제가 산골 출신, 조금은 가난하고 순박했던 아이, 남다른 감수성과 궁금증이 많았던 소년이었음을 짐작할 것입니다. 그런 만큼 저는 소년 시절, 풀꽃과 나무, 새와 곤충을 좋아했고 나뭇잎 지는 소리, 도랑물 흐르는 소리, 빗방울이 처마에 떨어지는 소리, 갈대 잎 서걱이는 소리를 좋아했습니다. 나생이와 꽃다지, 씀바귀와 냉이, 비비새와 종달새, 때까치와 곤줄박이를 좋아했습니다.

도회에서만 자란 아이들은 책을 통해서 나무이름을 알고 풀이름 새 이름을 안 사람들 아닙니까. 그런 사람들에겐 나무와 풀, 새와 곤충이 살아 숨 쉬는 정감으로 다가올 리가 없지요. 제가 부르는 물푸레나무, 은사시나무, 미나리아제비, 구름송이풀, 두루미냉이, 애기똥풀의 이름이 제 눈빛으로 반짝이며 다가설 리가 없지요. 그러나 저에겐 그것들이 살갗을 비비며 그들만의 말을 하며 곁에 와 앉습니다. 앉아서 속삭입니다. 끝없는 귓속말로 제 하루를 이야기합니다. 그런 환경과 을씨년스러운 풍경 속에서 이런 시가 태어났습니다.

신발을 벗지 않으면 건널 수 없는 내(川)를 건너야
비로소 만나게 되는

불과 열 집 안팎의 촌락은

봄이면 화사했다

복숭아꽃이 바람에 떨어져도 아무도 알은 체를 안 했다

아쉽다든지 안타깝다든지/양달에서는 작년처럼, 너무도 작

년처럼

삭은 가랑잎을 뚫고 씀바귀 잎새가 새로 돋고

두엄더미엔 자루가 부러진 쇠스랑 하나가

버려진 듯 꽂혀있다

발을 닦으며 바라보면

모레는 모레대로 송아지는 송아지대로

모두 제 생각에만 골똘했다

바람도 그랬다

「고향」 전문

옛날에는 부끄럽기만 했던 고향 산골이 지금은 파아란 깃발처럼 그리워집니다. (한국시문화회관. 혜화동 강연, 2004. 9. 11)

시인은 무얼 먹고 살까요?

시인은 무얼 먹고 살까요? 삼척동자가 아닌 한 이런 생각을 하는 사람은 없을 것입니다. 그러나 저는 소년시절에 늘 그런 생각을 했습니다. 웬일인지 저에게는 시인이란 동물이 아니고 식물 같았습니다. 시인은 밥을 먹지 않고 햇빛과 공기를 먹고 사는 식물인간으로만 생각되었습니다. 나이 들면서 차츰 익히게 된 시인의 이름들도 모두 그랬습니다.

저는 글자를 터득하고 난 뒤부터 우리 시 외에도 외국시, 특히 워즈워드를 좋아했습니다. 베를렌의 가을의 노래와 릴케의 가을날도 함께 좋아했지요. 저는 강연을 할 때마다 이런 이름들을 자주 인용합니다.

고등학교 3학년 때 4·19가 일어나고 저는 그 해 5월,

'아림예술제'(아림은 거창의 옛 이름) 에 나가 「새」라는 제목
으로 장원을 해서 〈아림예술상〉을 받았습니다. 그때의 시
를 완전히는 기억을 못하고 일부분만 기억합니다만, 지금
와서 다시 재구성하면 이런 시입니다.

　푸른 하늘로 가고 싶어서
　새는 날개를 펴고 창공을 날아오른다
　새는 땅이 싫어서 나무를 떠나는 것이 아니다
　우리는 새를 사랑하듯이 자유를 사랑한다
　낮달이 흘리고 간 비명이
　피가 되어 흐르는 지역에서도
　상처 진 나래를 펴고 새는 날아야 한다
　오늘 그리고 내일도 우리는
　그리운 어느 곳에 한 점
　흰 구름이 되기 위하여
　새의 날개를 빌려 먼먼 하늘을
　날아올라야 한다

　「새」 전문

4·19 학생 의거는 1960년 4월 19일에 일어났고 그 해 5월 15일에는 거창문화원이 개최한 '아림예술제'가 열렸습니다. 위의 시는 그때의 성인부. 학생부 합동 백일장에서 쓴 시입니다. 심사한 분들은, 당시의 정치상황을 우원하게 비유한 시라는 평을 하기도 했지요. 위 시의 일부는 재구성되었으나 5-7행의 중심 행은 당시의 문장 그대로입니다.

지금 생각하면, 이 시가 고3이던 저의 진로 결정에 운명적으로 다가온 시가 아닌가 싶기도 합니다. 대학에 들어가면서 국문학과를 택한 이유도 그런 데 있었을 것입니다. 대학 2학년 시절, 『사상계』에 연재하던 송욱 선생의 평론 「시학평전」을 읽으며 거기 실린 송욱 선생의, 김소월에 대한 혹평에 가슴이 아파, 『사상계』로 보낸 편지가 '독자란'에 실렸던 것이 공인된 기관에 실린 저의 첫 글이 되었습니다. 경희대학보 261호(1965년)에 조태일 시인의 평론 「한국 현대시의 갈 길」을 읽고 안타까운 마음으로 반박문을 써서 그 다음 호 『경희대 학보』에 발표한 것도 그때의 일입니다. 조태일의 글은, '시는 고발과 저항으로 이루어진 성서이며 한국 현대시는 창녀시'라는 것이 요지였습니다. 그러면서 저는 차츰 시 이론을 공부하기 시작했습니다. 자연스럽게 제 시의 기호는 엘리엇과 발레리, 폴 끌로델, 쥘 쉬페르비

엘로 옮겨가기 시작했습니다.

　저는 1963년, 대학 2학년 때 경북대학보 지령 300호 기념 전국대학생 문예작품 현상모집에 당선한 「여백시초」라는 63행의 시와 1967년 중앙일보 신춘문예에 트라클의 병동이라는 시를 던졌으나 그것이 바로 등단으로 이어지지는 못했고, 1972년 11월호 『현대문학』에 「오월에 들른 고향」 향가시(鄉歌詩) 등을 발표하면서 비로소 추천을 완료하고 시단에 얼굴을 내밀었습니다.

　오월에 들른 고향은
　아카샤꽃이 피고 있었고
　한 잎 두 잎 지다 남은 복숭아꽃이 지고 있었다
　비둘기 울음이
　뚜깔잎의 저녁 이슬을 떨고 있었고
　서풍이 풀잎의 이른 잠을 깨우며
　아랫마을에서 윗마을로
　고개를 저으며 올라가고 있었다

　멀리 석양의 붉은 그늘 아래서
　천 년 전에 들었던

청동기가 깨지는 소리로

개가 짖고 있었고

마을 앞에는

포플라만이 키 큰 서양 사람처럼

활짝 만개하고 있었다

오월에 들른 고향

거기엔. 서툰 걸음마가 쓰러지기 잘 하던

내 아이 적의 고통과

비 오면 자주 끊어지던

학교 길의 도랑이 걸레처럼 구겨져

흐르고 있었다

「오월에 들른 고향」 전문, 1972

다시 본래의 제목, 시인은 무얼 먹고 살까요? 시인은 동물일까요, 식물일까요? 이제 답을 내립시다. 시인은 언어를 먹고 삽니다. 시인은 육체적으로는 동물이면서도 정서적으로는 식물, 그래서 아름다운 감정 장난을 하는 고등동물입니다. 최소한 그런 꿈을 가지고 사는 인간입니다. (강

원문화재단, 시사랑 낭송콘서트, 원주 강연, 2015. 9. 4)

장자도에서의 하룻밤

　오실 때 구명복을 갈아입으셨겠지요. 파도가 조금은 높았었지요. 뱃멀미는 안 하셨나요?

　지금 우리가 함께하고 있는 이곳은 전라북도 군산시 옥도면 장자도리(里)랍니다. 크지 않은 여객선을 타고 흔들렸으니 장자도까지 오신 여러분께 잘 참고 오셔서 고맙다는 말을 먼저 전합니다.

　서쪽을 보세요. 해가 지고 있습니다. 해지는 광경보다 더 음악적인 것은 없다는 어느 화가의 말이 생각나네요. 어선들도 모두 닻을 내리고 있으니 이제 우리들이 함께 모여 소담한 이야기를 해도 좋을 시간입니다.

그러나 우리가 오늘 소담한 이야기만을 하지 못하는 이유가 있군요. 우리의 가슴에 달린 '노란 리본' 때문입니다. 이 리본을 옷깃에 달 때 우리가 느낀 감정은 모두 같을 것입니다. 그것은 '이유 있는 슬픔'이지요.

그리고 오늘은 하룻밤을 우리가 이 펜션에서 같이 시를 낭송할 것이고 언덕바지 창을 통해 밤바다를 내려다보며 흥이 넘치는 사람은 노래를 불러도 되겠지만 이 슬픔의 끈 때문에 오늘은 목청을 조금 가라앉힐 수밖에 없겠네요.

빅토르 위고는 그의 명작 『레미제라블』에서, 죄 지은 사람을 미워하기보다 죄를 짓게 한 그 사회를 미워하라고 했지요. 지금 우리는 한 사건 앞에서 온 나라가 가마솥처럼 들끓고 있는 걸 보고 있습니다. 거기엔 어떤 모순, 어떤 역류, 어떤 증오가 마치 우리가 타고 온 배처럼 뒤뚱거리고 있습니다. 그러기에 저는 육지를 떠나와서 우리가 다 함께 기도하는 마음으로 시를 욀 수 있는 시간이 기다리고 있음을 고맙게 생각합니다. 우리가 가져온 국화송이를 한 사람 한 사람 저 낙조의 바다로 던지며 아까운 젊은 목숨들에 대한 기구를 드릴 수 있는 시간이 허여된 것을 감사하게 생각합니다.

우리의 가슴마다 노란 리본이 애처롭게 한들거리고 있

습니다. 노란 리본, 우리는 왜 노란 리본을 달고 있습니까?
이 이야기는 여러분도 잘 아시리라 믿습니다. 「노란 리본」
의 노래에는 여러 판본이 있다고 하지만 대체로 다음과 같
은 이야기에서 유래했다고 전해지고 있습니다.

　1900년대 초, 3년 여 동안 감옥살이를 한 한 남자가 뉴
욕에서 플로리다로 가는 버스 안에서 기사에게 해 준 이야
기에서 이 노래가 유래했다고 합니다.
　감옥살이를 다한 이 출감자는 아직도 자기의 연인이 자
기를 기다려 줄는지가 궁금해 출감(出監) 사흘 전에 연인에
게 편지를 보냈다고 해요. '만일 당신이 아직도 나를 기다
린다면 집 앞 참나무에 노란 리본을 달아주세요' 라는 편
지를 말입니다. 내가 버스를 타고 당신의 집을 지나갈 때
노란 리본이 보이지 않으면 당신이 나를 기다리지 않는 것
으로 알고 그냥 지나가겠습니다, 라는 말도 덧붙였답니다.
그리고 출감한 그 날 버스를 타고 그 집 앞을 지날 때 버스
기사에게 '나는 가슴이 떨려 도저히 참나무를 바라볼 수가
없으니 당신이 참나무에 노란 리본이 달렸는지를 좀 봐 달
라'고 부탁했답니다. 그리고 버스가 그 집 앞을 지날 때 기
사의 말, '손님, 아무 걱정 마세요. 참나무에는 한 개가 아

닌 수 백 개의 리본이 달려 있어요' 라고 했답니다. 스토리
는 그와 같습니다. 그때부터 노란 리본은 무사귀환 혹은 희
망을 상징하는 징표가 되었답니다.

　1973년 토니 올랜도와 돈이 발표한 노래 「오래된 참나
무에 노란 리본을 달아주세요Tie a yellow ribon round the old
oak tree」가 크게 유행하면서 노란 리본이 희망의 대명사가
된 것이지요. 시를 볼까요.

　　늙은 떡갈나무에 노란 리본을 걸어주세요
　　Tie a yellow ribbon the round old oak tree
　　song; Tony Olando

　　나 집으로 갈 것입니다, 형량을 마쳤어요
　　I'm coming home, i've done my time
　　난 지금 알아야만 해요
　　Now i've got to know
　　그것이 존재하는지, 그리고 나의 것이 아닌지
　　what is and isn't mine
　　만약 당신이 내 편지를 받았다면
　　if you received my letter

난 그 편지에 내가 조금 있으면 자유의 몸이라는 걸 당신에
게 말해주었어요

telling you i'd soon be free

그럼 당신은 무얼 해야 하는 지 알 것입니다

then you'll know just you to do

만약 당신이 아직도 날 원한다면

if you still want me

만약 당신이 아직도 날 원한다면

 if you still want me

노란 리본을 늙은 떡갈나무에 걸어주세요

the yellow ribbon round the old oak tree

3년이 지났어요. 아직도 날 원하나요

it's been three long years, do you still want me

만약 내가 떡갈나무에 노란 리본을 보지 못한다면

if don't see a ribbon round the old oak tree

난 그냥 버스에서 우리 사이를 잊어버릴 게요

I'll stay on the bus, forget about us

제 잘못입니다 당신을 원망치 않을 게요

put the blame on me

버스기사님, 저 대신 좀 보아주세요

bus driver please look for me

제가 보는 것이 너무 견디기 어렵네요

cause I couldn't bear to see

걱정 말아요 제가 봐 드릴 게요

what I might see

지금 온통 버스가 환호해요

now the whole damn bus is cheering

전 제 눈을 믿을 수 없어요

and I can't believe I see a

백 개의 노란 리본이 떡갈나무에 걸려있다는 것을

hundred yellow ribbons round the old oak tree

우리는 오늘 모두가 가슴에 노란 리본을 달고 있습니다.

우리는 '희망'을 희망합니다. 2014년 4월 16일, 진도 팽목

항 근해, 여객선 침몰사건, 아까운 304명, 젊은(어린) 목숨의 희생, 처참하고 안타까운 '세월호' 사건.

불행할 때 시인은 눈을 크게 뜹니다. 눈을 감고는 견딜 수 없어서이지요. 많은 시인들이 저마다의 목청으로 이 사건을 시로 썼습니다. 그리고 그런 시들을 모은 앤솔로지도 나왔습니다. 여러분도 기억하시겠지만 너무도 많은 시인들이 경쟁하듯 '세월호'에 관한 시를 쓰고 발표하였습니다. 마치 그 사건을 시로 쓰지 않으면 시인이 못 되는 것처럼이나 말이에요. 슬픔은 함께하고 기쁨은 나누라는 말이 있지 않습니까. 그래서 저도 '세월호' 사건에 대해 두 편을 쓰긴 했습니다. 그러나 발표하지는 않았습니다. 용기가 없어서이기도 하지만 참말로 내가 그 사건을 아파하는가? 참말로 그 가족들의 아픔만큼 나도 아파하는가? 저는 자신이 없었습니다.

시를 유행처럼 쓰고 발표한다면 그 사건 자체가 그런 시를 용서하지 않을 것 같았기 때문입니다. 그리고 1년이 지난 뒤 『현대문학』(2015년 6월호)에 이런 시로 조그만 저의 마음을 달래 보았습니다.

햇빛에선 오이냄새가 난다

홍모란한테 속옷 한 벌 빌려 입는 동안

모란은 져버리고 아카샤꽃이 치약을 물고 나온다

햇빛이 엎질러 놓은 보라물감 위로

속치마를 다 내보이며 나비 한 마리 날아온다

구름은 출구가 많아 창문들이 자꾸 그 쪽으로 손을 흔든다

누워있는 겨울을 급히 깨운 건 바람

식물들의 식욕이 저리 왕성해지는데

누가 쓴 '세월호' 시 한 편이 등을 친다

내 서랍 속에도 난파시 두 편이 자라고 있다

나는 울지 않고 시만 우는 저 시를 발표하면

책을 더럽히는 일이 아닐까?

맑은 날은 슬픔의 얼굴도 맑다

그 많은 햇빛 수업을 받고 나온 풀아기들 곁에서

우표 같은 셔츠 한 벌 빌려 입는다

시는 슬픔을 녹이는 약이 될까?

일만 년 뒤엔 인간이 쓴 시가 몇 억 편이나 될까?

아니면 죄 소멸될까?

오전의 햇빛에선 오이냄새가 난다

아직도 저는 죄송한 마음입니다. 자꾸 죄를 쌓는 것 같은 기분입니다. 참으로 많은 시가, '너무'라고 할 만큼 많은 '세월호' 시가 갑자기, 단 시간에 홍수처럼 쏟아져 나오는데 왜 저는 그런 대열에 동참하지 않고 눌러 참고 있었는지를 분명히 말할 수가 없습니다. 저라고 그 시를 발표하려면 발표할 수가 없었겠습니까? 애타고 슬프고 증오가 부글거리고 있는데 그래도 저는 저를 향해서 '참아라 참아라' 했습니다. 애환을, 슬픔을 참는 일이라면 저도 어느 정도 이력이 나 있거든요. 미안합니다.

저는 늘 남보다 한 발자국 뒤져 가고 남들이 달려갈 때 잠시 하늘 한 번 쳐다보고 가는 삶을 살아왔습니다. 그리하여 남이 추수해 간 가을 논에서 낙수를 줍는 것이 저의 시였습니다. '세월호'를 보면서 애타지 않은 사람, 분노하지 않은 사람, 슬프지 않은 사람이 어디 있겠습니까. 시인이라면 누가 그에 대한 분노를 시로 한 편 쓰고 싶지 않은 사람 있겠습니까.

오늘은 여러분과 함께 이 아름다운 섬, 장자도에 와서, 이 푸른 바닷가에서, 저 푸른 달빛 아래서, 친구처럼 연인처럼 여러분들을 붙들고 통음(痛飮)하고 싶습니다. 저는 오늘밤은 시인이 아니고 싶습니다. 그냥 취한(醉漢)이고 싶습니다. 여러분의 무릎 아래 술 취해 쓰러져 잠들고 싶습니다. 내일 아침 해가 금빛 얼굴로 창을 두드릴 때까지. (전북 재능시회, 고군산 장자도 강연, 2014. 5. 16)

인공지능 알파고가
시를 쓸 수 있을까요?

여러분이 잘 아는 음악에 「셰에라자드」라는 곡이 있습니다. 『아라비안나이트』에 나오는 잔인한 술탄의 왕비 이야기를 소재로 하여 작곡된 유명한 악곡이 『셰에라자드』입니다. 러시아 작곡가 림스키 코르사코프가 1888년에 만든 교향 모음곡이지요.

터어키의 사르틴 사아르(술탄)는 왕비에 배반당한 일을 겪은 뒤, 모든 여자는 부정하다고 생각하고 매양 첫날밤을 지나면 왕비를 죽일 것을 결심합니다. 이와 같은 사르틴의 난행을 들은 한 대신의 딸 셰에라자드는 어떻게 하든지 왕의 그 행동을 고쳐주려고 자진해서 왕비가 될 것을 지망해서 끝내 왕비로 간택이 되었습니다. 그는 첫날밤이 지나면 죽임을 당할 것을 알기에 그 밤에 왕에게 재미있는 이야기를 시작하였지요. 왕은 왕비의 이야기를 계속 들으려고 첫날밤을 지내고도 왕비를 죽이지 않고 하루하루 날을 끌었어요. 그리하여 결국 그는 왕비를 죽이려던 처음의 결심을 버리게 됩니다. 재미있다기보다 아름다운 이야기지요.

『아라비안나이트』에서는 재미있는 이야기가 왕의 결심을 버리게 하는 동기가 되었지만 왕비가 왕에게 긴 이야기를 할 때 아마도 이야기 도중 아름다운 목청으로 노래를 불렀거나 사랑에 불타는 시를 읊었을 거예요. 그렇다면 음악이, 시가 왕의 결심을 바꾸게 한 결과를 낳은 것이지요. 이것이 노래의 힘, 시의 힘입니다. 2016년 3월 17일의 신문에는 커다란 글자로 이렇게 쓰여 있었습니다.

'두 살 배기 인공지능이 5천 년 인간지능을 이기다'

이세돌과 인공지능의 바둑 대결에 관한 기사입니다. 그런데 이 기사에 제가 아는 몇 분이 이 '세기의 대결'에 대해 언급하고 있었어요. 그분들의 말은 이렇습니다.

'설령 인공지능이 이겼다 해도 그것 역시 인간이 만든 것

이다'(이어령)

'인공지능 덕분에 사람이 편리해진다 해도 '사람의 속도' 론 살지 못한다는 문제가 생긴다(김우창)

'섬뜩하다'(이문열), '놀랍다'(김주영)

그리고 소설가 복거일이 쓴 글은 이렇게 끝을 맺더군요.

'기계가 사람보다 빨리 달렸다고 100미터 경주가 시들 해지거나 우사인 볼트의 인기가 줄지 않는다. 이 세돌의 일 화는 오래 전설로 남을 것이다'

저는 이 말에 동의합니다. 그리고 저는 이렇게 생각합니 다.

사람의 지능이 인공기술을 진보시켰기에 자동차가 나오 고 컴퓨터가 나오고 비행기가 나온 것 아니냐. 자동차의 속 도가 100미터 선수의 3배를 넘은 것은 벌써 세기 전 일이 아니냐. 그러니 인간은 인간의 심성으로 살아가는 것이 가 장 행복한 것이고 인공지능이 더 신속하고 빠르다고 해서 그것이 반드시 위협이 된다고 생각할 일은 아니다.

제가 이렇게 말하면 묻고 싶은 사람이 있겠지요.

'인공지능이 작곡까지 하고 추상화를 그린다는데, 이 정도가 되면 예술 영역도 침해 받는 날이 곧 오지 않을까요?'

그러나 저는 생각합니다.

'그렇다고 해도 인공지능이 백 겹, 천 겹의 마음을 아로새긴 시를 쓰지는 못할 것이다'

인공지능이 쓴 시가 다수 발표되어 있어서 저의 이 말이 타당할지는 모르겠으나 아직도 저는 그런 믿음을 가지고 있습니다. 어떤 전문가의 말을 들으니 AI나 챗GPT가 사람의 모든 행위를 다 할 수는 있지만 코미디나 개그(농담)는 못한다고 하더군요.

좀 생뚱맞을 지도 모르지만, 이런 이야기가 생각나네요. 『프랑켄슈타인』이라는 영국 소설, 여러분도 아시지요?. 혹 잘 모르는 분을 위해 줄거리를 소개할게요.

이 소설은 영국 작가 메리 셸리(1797~1851)가 쓴 공상 과학 소설인데요. 1818년 발표되었지요. 그러니까 19세기 소설, 지금으로부터 200년 가까이 지난 소설입니다.

프랑켄슈타인은 무시무시한 괴물로 피조된 생물체(The Creature)에요. 작중에 나오는 빅터 프랑켄슈타인 박사는 새 생명 창조에 집착한 과학자입니다. 그리하여 시신 여러 구를 짜 맞춰 새 생명체인 사람을 만들지요. 그러나 이 생물체는 악마였기에 모든 사람이 그를 보면 무서워 도망쳐요. 사람과 더불어 살고 싶은 이 괴물 악마는 그때부터 사람에 대한 복수심을 가집니다. 그러기에 작가는 소설 허두에 밀턴의 『실락원』의 구절을 인용해요. 낙원을 찾다가 낙원을 잃어버린다는 역설이지요. 괴물은 자신을 만든 프랑켄슈타인에게 복수할 결심을 하고 프랑켄슈타인의 예비 신부를 죽여요. 자신이 창조한 괴물의 복수로 자신이 사랑하는 사람들을 모두 잃는 비극을 맞이합니다. 과학적 사실과 기술은 선과 악의 어느 쪽에도 기울지 않습니다. 인공지능이 초인간적인 기술과 지능을 발휘한다 해도 인간에게 남는 것은 끝내 '인간' 'Human' 혹은 '인간미'일 뿐이지요. 저의 생각과 비유가 적절한 것이었는지는 여러분이 판단하기 바랍니다.

여기서 저의 시 한 편을 읽어드리겠습니다.

사람과 함께 이 길을 걸었네

발자국이 발자국에 닿으면

어제 낯선 사람도 오늘은 낯익은 사람이 되네

오래 써 친숙한 말로 인사를 건네면

금세 초록이 되는 마음들

그가 본 하늘과 내가 본 하늘도 다 푸르렀네

바람이 옷자락을 흔들면 모두들 내일을 기약하고

밤에는 별이 뜨리라 말하지 않아도 믿었네

집들이 안녕의 문을 닫는 저녁엔

꽃의 말로 안부를 전하고

분홍신 신고 다가갈 내일이 있다고 마음으로 속삭였네

불 켜진 집들의 마음을 나는 다 아네

오늘 그들의 소망과 내일 그들의 기원을 안고

사람과 함께 이 길을 걸어가네

「사람과 함께 이 길을 걸었네」라는 시입니다. 저에게는, 그리고 저의 시에는 사람이 가장 소중한 소재고 주제입니다. 사람이 사는 세상에는 반드시 음악이 있고 시가 있습니다. 인공지능이 아무리 더 발전된다고 해도 인간의 감성을 담은 노래나 시는 소멸되지 않고 사람들로부터 더 많은 애

호와 사랑을 받을 것입니다. (대구 두류도서관 강연, 2016. 4. 15)

그 말이 내 가슴에 들어왔다

　시를 사랑하는 마음 없이는 시를 제대로 읽을 수 없습니다. 설령 시를 사랑하는 마음 없이 시를 읽을 수는 있다고 하더라도 그것은 시를 올바로 읽는 것이 아닙니다.

　시를 제대로 읽는다는 것은 무엇을 말하는 걸까요? 그것은 시를 읽으면서 동시에 시인을 읽는 것을 말합니다. 시와 시인, 그리고 독지가 함께 하는 시를 논의하는 일, 그것을 어려운 말로는 '동화(同化)의 비평'이라고도 합니다만, 이러한 이론이나 주장에 관계없이, 시가 있으면 반드시 그 뒤에 시인의 심서와 호흡이 있다는 사실을 우리는 기억해야 합니다. 그동안 어떤 비평이론에 의하면, 시를 읽는데 시인을 의식하면 시를 올바로 읽는 것을 방해하는 시 읽기가 된다는 주장도 있었습니다. 이른바 '오류(誤謬, Fallacy)의 이론'입니다. 그렇다고 하더라도 시의 뒤에는 시인의 정서와 호흡, 기쁨과 슬픔이 스며있다는 생각으로 시를 읽는 것은 결코 해롭거나 나쁜 일이 아닙니다. 아니, 그보다 이 일은 반드시 필요한 일입니다.

시가 가리키는 곳을 제대로 따라가다 보면 시가 말하는 풍경들, 기쁘고 즐거운, 슬프고 서러운 온갖 사상(事象)이나 사연들을 만나게 됩니다. 그러한 풍경들 속에는 시만 아니라 시인의 남다른 정서가 스며있습니다. 보통 사람이 보는 세계와 물상이 아니라 시인만이 보는 세계와 물상들이 때론 아름답게 때론 처절하게, 때론 정겹게 때론 위독하게 한 폭의 수채화처럼 펼쳐집니다. 시인이 전하고자 하는 감정이나 정서, 시가 말하고자 하는 의미와 내용, 그리고 시가 인도하는 길을 따라가다 보면 어느덧 그 시와 독자는 하나가 됩니다. 그때 그 시의 뒤엔 시인이 있습니다. 그 시의 뒤에 시인의 얼굴이 있고 시인의 삶이 있고 시인의 정서가 있습니다. 그 뒤에 숨어 있는 시인의 생애와 얼굴을 듣고 보고 느끼는 것, 그것이 시를 올바로 읽는 방법, 올바른 시의 독법이 됩니다.

시가 인도하는 길을 따라간다는 것은 시의 행간을 읽으

며 자기대로의 상상의 독서를 펼친다는 것입니다. 시인이 말하는 길을 따라가며 자신의 생각을 깨우고 잠재우는 것, 그것이 시를 읽는 기쁨이요 즐거움 아닙니까. 그것이 설령 슬픔이거나 서러움이라 하더라도 시에서 만나는 슬픔과 서러움은 자신의 추억과 동화되기 때문에 기쁨과 즐거움의 정서로 환원됩니다. 결과적으로 우리가 시를 읽고자 하는 이유도 바로 이런 데 있습니다. 시 속에 추억이 보이고 시 속에 실지로는 없는 강물이 보이고 시 속에 낙엽 지는 소리가 들리고 시 속에 새 날아가는 소리가 들립니다. 그것은 실지의 소리가 아니라 정서로 환치된 소리이지만 실지의 소리보다 더 아름다운 소리로 우리에게 다가서기도 합니다. 시 속에서 만나고 들리는 그런 사람이나 정서를 거짓이라고 말할 사람은 아무도 없습니다.

실용적인 면에서 말한다면 시에는 기대할 것이 별로 없습니다. 시 속에 유용한 생활정보나 지식이 들어 있는 것도 아니고 그것을 읽음으로써 복권에 당첨될 만한 행운이 돌아오는 것도 아닙니다. 시가 노래처럼 즐거움을 안겨주는 것도 아니고 스포츠처럼 활기를 가져다주는 것도 아닙니다. 그런데도 우리는 시를 읽습니다. 그리고 시를 씁니다. 무엇 때문에 그렇게 할까요?

그것은, 시에는 인간의 근원적인 심연의 충동과 자극이 있기 때문입니다. 본질적으로 시는 심연의 충동에서 발생합니다. 살아오면서 까마득히 잊고 있었던 심연의 충동을 시를 읽으면서 자신도 모르는 사이에 만나거나 깨닫게 됩니다. 심연의 충동, 잊혀진 의식의 그림자, 추억, 상처, 그리움 같은 것, 그래서 우리는 시를 읽는 것이고 시를 읽으면서 비로소 상실된 자아를 회복합니다. 그 힘은 서정시의 힘이고 그 즐거움은 서정시의 즐거움입니다.

그러한 즐거움, 그런 힘을 느낀다는 것은 각자의 시를 읽는 습관과 태도에 따라 다르지만, 또한 그 시를 쓴 시인의 말하는 태도, 어조 등에 따라 달라질 수도 있습니다. 어떤 시는 읽으면 감성이 풀잎처럼 돋아나고 어떤 시를 읽으면 뜨거운 열정이 무럭무럭 솟아오릅니다. 그러한 모든 감정과 열정이 모두 시에서 오는 기쁨이자 힘이지만, 이런 기쁨과 힘은 시의 유형이나 화법, 어조에 따라 달라집니다. 그것은 「거대한 뿌리」나 「껍데기는 가라」에서처럼 과격한 것일 수도 있고 「이별을 하느니」나 「아직 촛불을 켤 때가 아닙니다」에서처럼 애틋하고 조용한 것일 때도 있습니다.

시가 어디 있느냐고 묻는 사람에게 시를 가시적으로 그의 손바닥에 올려놓을 수만 있다면 얼마나 좋겠습니까. 그러나 시는 사물적 존재가 아니라 인식론적 존재이기 때문에 그 가시적 실체를 보려 해서는 안 됩니다. 시는 본래 추상적이고 관념적인 존재입니다. 시의 본래적 생태, 추상적이고 관념적인 모습을 인식론적으로 바라보지 않으면 시는 마침내 공허한 것이 되거나 아무 곳에도 존재하지 않는, 즉 어디에도 없는 것이 되고 맙니다. 그것은 마치, 우리의 가슴 속에 묻어 두고도 그 있음을 볼 수 없어, 마음이 어디 있느냐고 물을 때 그 있는 곳을 가르쳐 줄 수 없는 것과 같습니다.

한 편의 서정시에서 우리가 느끼는 감동은 짧으면서도 오래 갑니다. 그것은 자기 자신에게 말하는 방식을 택하면서도 동시에 남에게 말하는 방식이 되기 때문입니다. 시인 스스로의 이야기인데도 그것이 시인만의 이야기가 아니라 독자의 것이 되는 이유가 거기에 있습니다. 그런 점에서 시와 시 읽기는 무대 위에서 열연하는 연주자나 배우가 따로 있고 그것을 관람하는 관객이 따로 있는 오페라나 뮤지컬의 무대가 아니라 연창자(演唱者)나 관객이 한 덩어리가 되어 뛰고 즐기고 땀 흘리는 사물놀이나 판소리마당과 같습니다.

서정시 읽기에서 가장 중요한 것은 명상적 사유, 담화의 자장(磁場)보다 더 큰 울림의 공간, 그 울림을 따라갈 수 있는 참을성 있는 귀가 있어야 한다는 것입니다. 시와 시인은 그의 가장 진한 감정을, 가장 슬프고 애달픈 마음을, 말할 수 없이 큰 기쁨과 즐거움을 시의 언어로 속삭여주고 있는데 독자는 그 언어를, 그 속삭임을 알아듣지 못하고 따라가지 못한다면 그것은 불행한 일입니다. 그 언어를 따라간다는 일은 어려운 일이 아니라 침잠의 마음과 조그만 인내심만 가지면 쉽게 되는 일입니다.

산소 같은 시를 읽으면 마음이 산소 같이 됩니다. 산소 같은 시인이 있느냐고 물으면 대답하기가 어렵지만 분명히 산소 같은 시는 있습니다. 마음속에 묻은 때와 찌꺼기를 씻어낼 수 있는 힘을 서정시는 지니고 있기 때문입니다. 우울과 탄식을 씻어내고 산소 같은 기쁨에 닿는 길이 시에는 있음을 시를 통해 깨닫는 것은 중요한 일입니다.

어려운 말로 시를 설명해서 무얼 하겠습니까? 그렇다고 가장 쉬운 말로 독자를 인도할 방법이 달리 있습니까? 다만 독자들이 빙과처럼 달고 시원한, 갓 구운 빵처럼 따뜻하고 즐거운 시를 마음 놓고 읽게 하는 일, 그것이 시인으로서의 가장 큰 기쁨이고 바램입니다. (시 가꾸는 마을, 강의 청도, 2004, 5, 12)

시인과 이름

　예술가는 이름을 소중히 생각하는 사람들입니다. 시인이나 소설가도 그런 사람 가운데 하나입니다. 소설가는 자신의 이름뿐 아니라 자기가 쓰는 작품의 주인공 이름에도 신경을 많이 씁니다. 주인공 이름만 보아도 그 작품의 성격이 드러나기 때문이지요. 이광수의 『무정』의 김형식과 이선형, 김동인의 「광화사」의 솔거, 「광염소나타」의 백성수, 현진건의 「운수 좋은 날」의 김첨지, 김유정의 「동백꽃」의 점순이, 이상의 「날개」의 금홍이가 다 그런 예가 아닙니까. 이런 것을 아펠레이션(Appellation)이라 합니다만 아펠레이션은 번역하면 '호칭' 또는 '이름 짓기'가 됩니다. 예술가들은 흔히들 부모가 지어 준 이름이 맘에 들지 않으면 스스로 이름을 바꾸어 사용하기도 합니다. 이보경이 이광수로, 김정식이 김소월로, 김윤식이 김영랑으로, 백기행이 백석으로, 노기선이 노천명으로, 박영종이 박목월로, 김창귀가 김동리로, 고은태가 고은으로…….

저는 저의 이름에 징크스를 가지고 있습니다. 군이 징크스가 아니라도 불만을 가지고 있습니다. 저의 이름을 지어주신 저의 아버지는 무학(無學)이었습니다. 그 분은 천자문의 반 정도는 터득했기에 그래도 좋은 글자인 '일어날' 기(起), 밝을 철(哲)을 써서 제게 밝음을 일으키라는 의미의 이름을 지어주신 것 같습니다. 그것은 소리보다 뜻을 중시했던 때의 이름 짓기 풍속의 한 장면이기도 하지요. 부르는 소리보다 담긴 뜻이 더 중시되었던 때였던가 싶습니다.

저는 어쩌다 시인이 되었습니다. 어쩌다 시인이 된 건 아니고, 꽤나 노력해서 시인이 되었지만 그것을 길게 말하지 않기 위해 '어쩌다'라는 말을 붙입니다. 우리가 쓴 말 가운데 '시인'이라는 명사보다 더 아름다운 말이 또 있습니까? 사람이 꽃보다 아름답다는 유행가가 있지만 사실은 꽃보다 시인이 더 아름답습니다. 그러기에 저는 어떤 시에 '시인이라는 이름에는 풀꽃 냄새가 난다'(『가장 따뜻한 책』)고 쓴 일이 있습니다.

시인은 시와 더불어 남에게 이름이 읽힙니다. 읽히는 것은 뜻으로보다 소리로 먼저 전달됩니다. 소리로 전달될 때 저의 이름 끝 자인 '철'자는 사물이 부딪치는 소리나 아니면 굉음으로 들립니다. 소리뿐 아니라 뜻으로도 '철'은 철=鐵을 연상시키지요. 철이라는 소리는 쇠, Iron 즉 금속성을 연상시키기 십상이지요. 쇠이니 이미지가 강할 수밖에 없지요. 스탈린은 강철을 뜻하는데 스탈린의 본명은 이오시 프리오노였습니다. 그러니까 본래 이름을 감추고 무쇠 같은 인간이라는 뜻을 차용한 것이지요. 그러니까 저의 이름 끝 자인 '철'자도 저와는 맞지 않은, 부드러움을 지향하는 저의 시와는 어긋난 이미지인 듯합니다.

전화번호부를 열어보면 저와 같은 이름이 족히 한 페이지는 됩니다. 많은 사람이 그 이름을 가졌다면 그 이름이 나쁜 것은 아닙니다. 그러나 너무 흔한 이름이 시인에게는 좋은 이름이라 할 수가 없지요. 조선소 임금의 이름에는 대개 어려운 글자를 썼는데 그것은 일반 백성의 이름과 같지 않게 하기 위해서라고 하더군요. 많은 꽃이 함께 있으면 그 꽃의 아름다움을 놓치기 쉽지요. 그래서 혼자 핀 꽃이 흐드러지게 핀 꽃보다 더 사랑을 받는 것 같습니다. 유독 자신의 빛깔과 향기를 가지기를 바라는 것이 시인입니다. 그런데 제 이름을 가진 사람 가운데는 코미디안도 있고 권투선수도 있습니다. 뿐 아니라 제가 아직 만나지 못한 시인 가운데 저와 같은 이름을 가진 시인이 있다고 합니다. 어느 독자가 저한테 전화를 했다가 제가 아니어서 전화를 끊었다는 이야기도 들었습니다. 그런 만큼 제가 저의 이름에 불만을 가질 수밖에 없지요.

그런데 오늘(2016. 2. 19일) 신문을 보다가 이 불만을 반쯤 내려놓을 수 있게 되었습니다. 주기철이라는 목사님 덕분입니다. 제가 일찍이 잘 알지 못했던 그 분은 1897년 경남 창원에서 태어나 평양 정주에 있는 오산학교와 평양 장로회 신학교를 나와 부산. 경남지역에서 목회활동을 하고 1936년 평양 산정현교회 담임목사를 한 분이라 합니다. 일제가 신사참배 강요를 할 때 그 반대운동의 핵심역할을 한 인물이더군요. 1938년 일제에 검거, 구속되었고 다시 석방, 1941년 재구속, 1944년 광복 1년을 앞두고 옥중에서 병사한 분이라고 소개되어 있더군요. 2015년 겨울, KBS에서 그의 일대기를 다룬 다큐멘터리가 「일사각오(一死覺悟)」라는 제목으로 방영되었고 2016년 이 다큐를 새로 각색하고 보태어 권혁만 감독에 의해 115분짜리 영화로 다시 태어난 분이라고 합니다.

다 그분처럼 훌륭한 일을 할 수 있는 건 아니지만 저의 이름과 같은 이름을 가지고 그렇게 훌륭한 일을 한 분도 있으니 이제 저의 평소의 이름에 대한 불만을 조금 내려놓을 수 있을까도 싶습니다.

어리석게도, 누가 이름에 얽매입니까? 그리나 어리석지 않다고, 누가 이름에서 자유로울 수 있습니까? 더욱이 사람의 입에 회자되기를 원하는 예술가, 시인이라면! (한국시낭송회 강연, 대전, 2015. 10. 26)

시인의 목소리, 그 음악 친구

평양성에 해 안 뜬대도 난 모르오

웃은 죄밖에

파인 김동환(巴人 金東煥)은 「웃은 죄」라는 시에서, 죄(罪)에 대해 이같이 살짝 꼬집듯이 노래했지요.

'물 한 모금 달라기에 샘물 떠주고 / 그리고는 인사하고 웃고 받았죠' 라고 얼굴에 홍조를 띠며 말했지요. 유학에서 돌아오는 청년 대학생과 샘물을 긷는 산골 마을 새댁이 여름날 한낮에 우물가에서 물 한 모금 주고받은 걸 죄라 한다면 그 죄는 '웃은 죄'밖에 무엇이겠느냐는 애교 있는 꼬집음이지요. 하긴 상추 잎과 쑥갓 잎을 베어먹는 것도 죄 아닙니까.

지은 죄도 씻고 씻으면 아카시아꽃처럼 희게 빛납니다
먹은 쌀과 쑥갓 잎도 제 하나 목숨일 때
열매를 먹고 뿌리를 자르는 일 죄 아니겠습니까

이기철 「하행선」 부분

라고 저는 제 시에 쓴 일이 있습니다만, 죄를 지으면서
죄를 씻으려는 마음 또한 아름다운 마음 아니겠습니까. 그
래서 삶은 상처투성이라는 말이 곧이 들리기도 하지요. 그
래서 '상처의 보석'이라는 말을 저는 시에 자주 씁니다. 상
처는 아픔이지만 잘 갈무리 하면 보석이 된다는 뜻이지요.
누구든 상처 없는 삶이 있겠습니까? 우리의 삶에서 귀히
여기는 것은 모두 상처이거나 상처가 되기 쉬운 병증이지
요. 자식, 재산, 명예, 아내와 남편, 애인, 친구 … 이 모두가
보석이면서 상처 아닙니까? 그러나 그 상처가 다듬고 매만
지면 마음의 보석이 됩니다. 그러므로 '상처의 보석'은 마
침내 시가 된다고 말할 수 있습니다. 시는 기쁨과 환희에서
태어나는 경우보다 슬프고 애틋하고 눈물겨운 마음에서

태어나는 경우가 훨씬 많지요. 저의 경우는 기뻐서 쓴 시는 한 편도 없습니다. 모두 애틋하고 안타깝고 비애스러워서 쓴 시들입니다.

저는 가끔 '왜 시인이 되었느냐'는 질문을 받습니다. 그때마다 대답을 못하고, 저도 저 자신에게 되레 '너는 왜 시인이 되었느냐'고 물어봅니다. 그때마다 대답은 하나뿐, '시가 좋아서'라는 대답밖엔 다른 대답이 없습니다. 왜 시가 좋으냐고 물으면 저의 「내가 바라는 세상」이라는 시의 몇 구절로 대답하겠습니다. 다시 말하면, 제가 바라는 세상이란,

마을마다 살구꽃 같은 등불 오르고
식구들이 저녁상 가에 모여앉아 꽃물 든 손으로
수저를 들 때
식구들의 이마에 환한 꽃빛이 비치는 것을 바라보는

세상이고

어둠이 목화송이처럼 내려와 꽃들이 잎을 포개면
그날 밤 갓 시집 온 신부는 꽃처럼 아름다운 첫 아일 가질

것입니다

그러면 나 혼자 베갯모를 베고 그 소문을 화신처럼 듣는

세상입니다.

우리가 살면서 가꾸고 싶은 것을 일일이 다 말할 수는 없겠지요. 그러나 하루 일을 마치고 집으로 돌아와 식구들과 함께 저녁상 가에 앉는 일, 저녁상 가에 앉아 오늘 하루에 생긴 일, 내일 해야 할 일을 가족과 도란도란 이야기하는 일, 그것보다 더 따뜻하고 아름다운 시간이 어디 있겠습니까. 그러나 오늘 있었던 일과 내일 해야 할 일들만을 말하는 시간을 지나 꿈을 이야기하고 미래를 이야기하고 희망을 이야기하는 시간도 있어야 할 것입니다. T.S 엘리옷의 시 「프루프록의 사랑노래Love song of J. A Alfred Prufrock」를 보면 평범한 가정주부의 저녁 시간의 묘사가 나옵니다.

그러면 우리 갑시다. 그대와 나
지금 저녁은 마치 수술대 위에 에테르로 마취된 환자처럼
하늘을 배경으로 펼쳐져 있습니다
……

방 안에선 여인네들이 왔다갔다
미켈란젤로를 이야기하며

유리창에 등을 비비는 노란 안개
유리창에 주둥이를 비비는 노란 연기

......

아늑한 시월의 밤인 줄 알았던지
집 둘레를 한 바퀴 빙 돌고는 잠이 들어버렸다

영국의 평범한 가정과 저녁시간의 묘사지만, 그 평범한
가정의 주부는 돈 이야길 하지 않고, 세금 이야길 하지 않
고, 미켈란젤로를 이야기합니다. 부러운 장면이기도 합니
다만, '그건 남의 나라 이야기야' 하고 치부해 버릴 일은 아
닙니다.

생각하면 살아온 날들보다 살아갈 날의 이상과 꿈, 그것
이 소중하지 않습니까. 저는 오래 전에 「별까지는 가야 한
다」라는 시를 쓴 일이 있습니다. 별까지는 가야하는데 날
개도 없는 사람으로서 어떻게 별까지 갈 수 있겠습니까?

이런 때에 이론적인 용어를 빌리면, '사실적 허위'와 '시적 진실'이라는 말을 쓰게 됩니다. 시에서 말하는 말이 다 사실일 수는 없지요. '아이는 어른의 아버지(Children is Father of the men)'라고 워즈워드가 「무지개Rainbow」에서 노래했을 때, 그것이 사실일 수가 있습니까? 그러나 우리는 감정의 이입 혹은 시적 상상으로 그 말을 이해하게 됩니다. 사실적으로는 허위이지만 시적으로는 진실이 되는 거니까요.

앤드류 마블(Andrew Mavell)은 17C 영국 형이상학파 시인입니다. 그의 시 「수줍어 하는 연인에게to his coy mistress」라는 시에는 이런 구절이 나옵니다.

'나는 백 년 동안은 당신의 눈썹을 사랑하면서 보내고
이백 년 동안은 당신의 젖무덤을 경모하면서 보내겠다
그리고 남은 천 년은 당신의 남은 육체를 사랑하겠다

이 엄청난 거짓말을 읽으면서 그것이 거짓말이라고 생각하는 독자는 없습니다. 참으로 앤드류 마블은 깊고 아름답고 진한 사랑을 했구나, 라고 생각합니다. 그래요, 몸은 못 가도 우리의 마음은 걸어서 걸어서 별까지는 가야합니다. 하다 못하면 풀밭에 누워 별똥별이라도 헤야 합니다.
그런 뜻입니다.

　저는 시를 쓰는 사람도 좋아하지만 시를 읽는 사람을 더
좋아합니다. 여러분도 모두 시를 읽는 사람 아닙니까. 저
의 「작은 이름 하나라도」는 작고 여리고 슬픈 것을 노래한
시입니다. 이 시는 여러분이 가끔 낭송도 하는 걸 들었습
니다.

　　이 세상 작은 이름 하나라도
　　마음 끝에 닿으면 등불이 된다

　　가장 여린 것, 가장 작은 것
　　이름만 불러도 눈물겨운 것

　　그들이 내 친구라고
　　나는 얼마나 여린 말로 노래했던가

　　(……)

　　잊혀지면 안식이 되고

마음 끝에 닿으면 등불이 되는

이 세상 작은 이름 하나를 위해

내 쌀 씻어 놀 같은 저녁밥 지으며

가 그 시의 중간부분과 끝부분입니다. 저는 본래 작고 소담하고 눈에 잘 안 뜨이는 것을 좋아합니다. 저는 처음부터 사령관이나 제독이나 재벌총수가 되는 것을 꿈꾸지 않았습니다. 그래서겠지요? 저는 생텍쥐페리의 『어린왕자』에서도 어린 왕자가 가장 좋아하는 별인, 다섯 번째 별 즉 가로등 켜는 사람이 사는 별입니다. 그렇습니다. 저는 이 세상이 어둡고 쓸쓸할 때, 해 저문 어느 길목에 서서 가로등을 켜주는 사람이 되고 싶습니다. 그것이 저의 시가 도달하고자 하는 이상향입니다. (수성아트피아, 대구, 詩話, 2015. 9. 21)

시와 에세이문학의 나아갈 방향

오늘 이 자리는 전국의 수필가들이 함께 하는 연수회 자리인데 수필가가 아닌 제가 제목과 같은 말씀을 드리게 됨을 외람되히 그리고 감사한 일로 생각합니다. 흔히들 수필은 아마추어 문학이고 시는 프로페셔널한 문학이라고 말합니다. 그렇게 말하는 것은 수필은 비교적 입문기의 문학이고 시는 어느 정도 훈련되거나 전문화된 문학이라는 생각에서 말하는 것입니다. 실제로 시를 쓰는 데는 제약이 많이 따르고 수필은 비교적 제약이 적은 문학의 장르이기 때문에 그런 말을 하는 경우가 있습니다. 또한 '隨筆'이라는 말이 지닌 뜻 그대로 수필은 '붓 가는 대로 쓰는 문학', '붓을 따라가는 문학'이라는 뜻에도 그 말과의 관련이 있는 것 같습니다.

그러나 자신의 사상이나 감정, 희비애오를 전하는 데는 시 보다는 수필이 훨씬 넓고 큰 그릇임을 우리는 알고 있습니다. 중국의 린위탕(林語堂)은 교육자이자 영문학자, 문명비평가였고 훌륭한 에세이스트였음을 여러분도 잘 알고 계실 것입니다. 『생활의 발견』은 그의 대표적 에세이이고, 김진섭 선생의 『생활인의 철학』도 그 범주에 드는 좋은 수필입니다.

저도 가끔 수필을 쓰는 때가 있습니다. 그것은 신문이나 잡지의 청탁에 의한 것이지만, 그랬을 때 수필이 결코 쉽거나 가벼운 장르가 아니라는 사실을 깊이 느낍니다. 참 좋고 아름다운 문장으로 미셀러니를 쓰려 하면 자꾸만 견고한 에세이가 되고 마는 경우를 저는 가끔 체험합니다. 그것은 제가 재직시절 논문을 쓰는 습관에 기인한 것이라 생각합니다만, 그만큼 좋은 수필을 쓰려 하면 자신을 물처럼, 흐르는 구름처럼 해방시킬 줄 알아야 한다는 뜻이기도 합니다.

여기서 제 경험을 한 가지만 말씀드릴까 합니다.

저는 30년을 대학 국문학과에서 〈현대시론〉과 〈문예창작론〉을 가르쳤습니다. 대체로 〈문예창작론〉은 2학년 1학기에, 〈현대시론〉은 3학년 2학기에 개설하는 과목입니다. 〈문창론〉을 가르칠 때의 일입니다. 2학년 1학기는 학생들로서는 고교시절 대학 입시 준비에 시달리다가 처음 대학에 들어와 교양학부를 마치고 이제 처음으로 전공강좌를 만나는 때입니다. 3월을 지나 4월 말쯤이 되면 처음으로 수강생들에게 '수필'을 쓰게 합니다. 학생 수가 많아 보통 100명이 넘는 학생들의 작품을 튜터도 없이 담당교수가 일일이 다 읽는다는 일이 수월치는 않지만, 힘들여 그 작품들을 꼼꼼히 읽고 그리고 평가합니다. 그러는 가운데 좋은 작품이 있으면 한두 편 골라 다음 주에 학생들 앞에서 공개발표를 합니다. 특이한 것은 해마다 어김없이 한두 편의 좋은 작품이 나온다는 것입니다. 그런데 '좋은 작품'에 속하는 글은 '어머니'에 대한 그리움과 사랑을 고백하는 글이 대부분이고, 글의 흐름은 예외 없이 감상적(感傷的)입니다. 슬프다는 것이지요. 선택된 작품을 수강하는 학생들 앞에서 읽게 하면 듣는 학생들이 모두 감동을 하거나 더러는 눈물을 흘리기도 합니다. 자신을 키우느라 고생하고 대학까지 보낸 어머니의 노고와 정성 어린 삶을 쓴 내용이기 때문에 모든 학생들은 그것이 남의 이야기가 아니고 자신의 이야기로 들리기 때문일 것입니다. 그런 뒤 5월이나 6

월에 가서 이번에는 '시'를 쓰게 합니다. 수필을 잘 쓴 학생이 시도 잘 쓰리라는 기대로 작품을 읽어보면 결과는 정반대입니다. 수필을 잘 쓴 학생의 시가 의외로 중학생 수준을 넘지 못하는 것을 목도합니다. 그것은 그 학생이 문학에 소질이 없어서가 아니라 아직 시가 가지는 형태나 언어를 압축하고 조직하는 방법을 익히지 않았기 때문입니다. 그러니까 시는 산문(수필)보다는 비교적 전문 영역에 속한다고 말할 수 있는 장르라는 것이 확인됩니다. 그런 학생들을 더 훈련시켜서 졸업 후 수필가나 시인으로 문단에 진출시킨 예가 저에게는 10여 명 있습니다.

우리 문단에서는 수필을 쓰다가 시로 전향하거나 시를 쓰면서 수필이나 소설을 겸하는 문인이 많이 있습니다. 시인이 수필을 쓴 예는 매우 흔한 것이지만 시를 쓰다가 소설로 전향한 문인도 적지 않습니다. 대표적인 작가가 월탄이나 김동리, 황순원 같은 분입니다. 그 분들은 우리 소설사에서 중요한 위치에 있는 분들이지만 그 분들의 문학의 출발은 모두 시였습니다. 박종화의 『흑방비곡』, 김동리의 『김동리가 남긴 시(유고시집)』 황순원의 『골동품』 등은 모두 그 분들의 문학의 출발인 시집들입니다. 수필가가 되어서도 시를 쓰고자 하는 분들은 조금 훈련만 되면 가능하다는 것을 저는 체험하고 있습니다.

고백하거니와 저는 지금 수필을 많이 읽지 못하고 있습니다. 그러기에 제가 예로 드는 수필은 옛날 읽은 수필들, 이를테면 이양하나 이효석 같은 분의 글입니다. 저는 25년 전 미국 동부에서 한 해를 지낸 적이 있습니다. 연구교수라는 이름으로 한국학술재단의 지원을 받아 1년을 뉴욕에서 체류했는데, 그때 뉴욕과 보스턴을 자주 왕래했습니다. 보스턴은 시가지 한복판을 찰스강이 흐릅니다. 거기서 유학 시절을 보낸 청년 이양하는 영문학을 공부하면서 시인이 되고 수필가가 되었습니다. 저물 무렵 찰스강의 저녁놀과 물 위에 뜬 윈드서핑 광경을 자주 보았을 이양하의 가슴에 시와 수필이 강물처럼 밀려온 것입니다. 교과서에서 배운 「신록예찬」이나 「나무」 같은 수필은 그가 쓴 시처럼 아름답습니다. 그리고 비교적 최근에 읽은 이효석의 수필 한 편은 그의 생활과 지적인 호사취미를 맛깔스럽게 보여주는 명편이며 그 수필은 짧지만 「메밀꽃 필 무렵」에 못지않은 작품이라는 느낌을 받았습니다. 하긴 「메밀꽃 필 무렵」 자체가 한 편의 아름다운 수필이라고 해도 지나치지 않다고 저는 생각합니다.

"사랑하는 사람에게 보낼 양으로 수선화의 묶음을 사들고 나서는 소녀같이 가엾은 소녀는 없을 것이며, 병들어 누운 그리운 사람에게 수선화의 盆을 선사하는 사람같이 어리석은 사람은 없다. 같은 값이면 백합이나 장미나 프리지어를 선사함이 옳은 것이다. 백화점 지하실에서 운명의 유래에 떨면서 뉘 손을 거쳐 뉘 방으로 가게 될까를 염려하고 있을 수선화의 묶음을 상상해 보라. 자신의 신세가 애처롭기는 하나 그러나 굳이 비극을 사갈 사람은 없을 법하다. 세상의 젊은 남녀들이여, 수선화의 선물을 삼갈 것이다. 스스로 비극을 즐겨하고 전설의 환영을 사랑하는 이는 예외이나, 슬픈 병에다 수선화를 꽂아놓고 차이코프스키의 파세틱을 들으며 멸망의 환상에 잠기는 것은 비참한 아름다움이다. (……) "

이효석 「수선화」 부분

당신의 눈으로 흰 배춧속 가장 깊고 환한 곳, 가장 귀하게 숨겨진 어린 잎사귀를 볼 것이다. 낮에 뜬 반달의 서늘함을 볼 것이다. 언젠가 빙하를 볼 것이다. 각진 굴곡마다 푸르스름한 그늘이 진 거대한 얼음을, 생명이었던 적이 없어 더 신성한 생명처럼 느껴지는 그것을 올려다 볼 것이다. 그 모든 흰 것들 속에서 당신이 마지막으로 내 쉰 숨을 들이마실 것이다.

눈송이가 성글게 흩날린다. 가로등의 불빛이 닿지 않는 검은 허공에. 말없는 검은 나뭇가지 위에. 고개를 수그리고 걷는 행인들의 머리에.

한강 『흰』의 「모든 흰」과 「눈송이들」 부분

미리 젖어 있는 몸을 아니? 네가 이윽고 적시기 시작하면 한 번 더 젖는 몸들을 아니? 비 내리기 직전 가문 날 나뭇가지 끝엔 물방울들이 맺혀있다 지리산 고로쇠나무들이 그걸 제일 잘 한다 미리 젖어 있어야 더 잘 젖을 수 있다 새들도 그걸 몸으로 알고 둥지에 스며들어 날개를 접는다 가지를 스치지 않는다 그 참에 알을 품는다 봄비 내린다

(정진규 「봄비」 부분)

여기까지 오면 이제 우리는 문학의 장르는 그 경계가 무

너지고 있다는 것을 알게 됩니다. 바야흐로 현대문학은 초장르(beyond genre)의 시대에까지 와 있는 것이며 그것을 설명하기 위해 '상호 텍스트성'이론에까지 발전해 있는 것입니다. 굳이 시인과 소설가, 수필가를 구분 지을 필요가 없어지는 것입니다. 보세요. 맨부커상을 받은 한강의 소설 『흰』(난다)은 수필과 소설의 융합임을 보여주고 있지 않습니까. 이렇듯 지금의 문학은 장르의 제약에서 자유롭습니다. 그러기에 레이먼드 윌리암스(Raymond Williams)나 리처드 존슨(Richard Johnson) 같은 사람들은 현대문학은 초장르 시대에 와 있다고 했고 줄리아 크리스테바(Julia Kristeva)는 상호텍스트성 이론을 제기하기도 했습니다.

우리의 경우, 이어령 선생의 수많은 에세이나 김윤식 선생의 『아득한 회색, 선연한 초록』, 김우창 선생의 『기이한 생각의 바다에서』 등은 지금까지 제가 읽은 선배 학자들의 뛰어난 사색록이자 에세이들입니다.

조금 전문적으로 말한다면, 시는 비유의 언어이고 산문은 직설의 언어입니다. 시는 초월의 언어이고 산문은 묘사의 언어, 시는 압축의 언어이고 산문은 해체의 언어입니다. 그 때문에 시는 접근하기가 어렵고 수필은 접근하기가 수월합니다. 비유의 언어 초월의 언어는 읽고 나면 바로 이해되지 않고 해석을 해야 하는 경과의 시간이 필요합니다. 그러기에 시의 이해를 위해서는 많은 이론이 뒤따릅니다. 현대인들은 예술작품을 향수하는데 그렇게 많은 시간과 에너지를 소모하는 것을 좋아하지 않습니다. 수필은 그런 까다로운 시간을 다 생략해도 즐길 수 있는 장르라는 점이 장점입니다.

그런데 저는 이런 생각을 해 봅니다. 명시 김소월의「산」을 수필로 쓰면 어떻게 될까 하는 것입니다. '산새도 오리나무 우에서 운다 / 산새는 왜 우노 / 시매 산골 / 영 너머 갈라고 / 그래서 울지…' 이 시의 배경과 사연과 분위기를 수필로 쓰면, 아마도 애잔하고 슬프고 아름다운 수필이 되지 않을까 싶습니다.

거기다 혹 저의 시「근심을 지펴 밥을 짓는다」도 마찬가지의 말씀을 드릴 수 있을 듯합니다. '꽃씨 떨어지는 세상으로 내려가 / 꽃씨보다 더 작게 살고 싶었다 / 나뭇잎이 지면서 남긴 이야기를 모아 동화를 쓰고 / 병에서 깨어나는 사람의 엷은 미소를 보며 시를 쓰고 싶었다…….

영국 낭만주의 시인 존 키츠는 체프먼이 번역한 시 한 편을 보고 화살을 맞은 듯 시인이 되고 싶었고 또 그렇게 되었습니다. 그 시는 호머의「일리아스」인데 본래 희랍어로 쓰인 시를 채프먼이 영어로 번역했고 그 영역본 시 「On first looking in to Chapman's Homer」를 소년 키츠가 읽은 것입니다. 불행하게도 키츠는 25살 때 폐가 망가져 죽은 낭만주의 시인입니다.

한 편의 작품을 읽거나 듣는 일은 자신의 문학에 큰 지침이 될 수도 있고 문학적 운명을 바꾸어놓을 수도 있습니다. 오늘 저의 이야기가 그런 높은 이야기는 되지 못하겠지만, 여러분은 기회 있는 대로 좋은 강의를 많이 듣고 좋은 작품을 많이 읽으면서 명편을 남긴 수필가 되기를 바랍니다. (『수필과 비평』 총회, 대구 비슬산 아젤리아호텔 강연, 2023. 8. 19.)

하모니카의 추억

나는 소년시절에 하모니카를 몹시 갖고 싶었다.

나의 고향은 경남 거창에 있는 조그만 산골이었다. 낮이면 호박꽃이 피어 논둑을 밝히고 밤이면 별들이 내려와 오리나무, 개가죽나무 잎새에 반짝이는, 물소리가 동요처럼 귓전을 울리는 조용한 산골이었다. 그 곳은, 내가 시인이라는 이름을 얻은 뒤, 고향이라는 시에서 썼던 것과 같이, '신발을 벗지 않으면 건널 수 없는 내를 건너야 만날 수 있는' 조그만 산 속의 마을이었다.

나는 오전에는 학교엘 가고 학교가 파하면 집으로 돌아와 곧 산등성이로 소를 몰았다. 소를 몰며 풀을 뜯고 꼴망

태에 꼴을 베어 담았다. 여름이면 매미와 쓰르라미 노래를 귀가 따갑도록 들었고 가을이면 섬돌 밑에서 우는 귀뚜라미 노래를 밤이 새도록 들었다. 종달새, 지빠새의 노래를 들었고 딱따구리, 휘파람새의 노래를 들으며 소년 시절을 보냈다.

그러나 학교에 들어가자마자 6·25 전쟁이 터졌다. 플라타너스 넓은 잎이 운동장을 덮는 조그만 시골 국민학교(초등학교)는 전쟁이 터지자 곧 문을 닫았다. 소이탄이 터지고 B·29가 날고 평생 구경도 못했던 군용 트럭이 자갈길을 누볐다. 군용 트럭에는 코쟁이 병사들이 철모를 쓰고 국방색 군복을 입고 카빈총을 어깨에 메고 신작로를 질주했다.

9월이 오자 학교가 다시 문을 열었고 우리는 몇 권 안 되는 책과 공책을 책보에 싸서 어깨에 메고 다시 학교엘 갔다. 첫 학기에 보이던 친구들의 얼굴이 반이나 사라졌다. 전쟁 통에 어디론가 흩어져 간 것이다. 그래도 남아 있는 친구들이 학급을 채워, 반원은 모두 열 네 명이었다.

미국의 원조가 시작되었고 구호물품이 학교로 배달되었

다. 우유와 강냉이 가루가 트럭에 실려 왔다. 우리는 점심시간만 되면 줄을 서서, 사택 마당에 걸려 있는 큰 가마솥에 끓인 우유와 강냉이 가루로 찐빵을 점심 대신 받아먹었다.

구호품 가운데는 학용품과 장난감도 있었다. 지우개, 필통, 연필, 공책, 인형, 줄자, 크레온, 손칼, 심지어는 구두와 양말, 하모니카도 있었다. 선생님은 학생들을 일렬로 세우고 6학년 형들부터 차례로 구호품을 하나씩 나누어 주었다. 전교생이래야 백 명 남짓이었으니 구호품은 누구든 하나씩은 받아 갈 수 있었다. 줄의 맨 끝에 서 있는 나로서는 형들이 받아가는 구호물품이 무엇인가를 하나하나 눈여겨보고 있었다. 그것은 하모니카 때문이었다. 선생님은 앞에 선 형들에게는 하모니카를 주지 않았다. 차츰 줄은 줄어들어 우리의 차례가 되었다. 공책과 연필, 지우개, 줄자, 크레온들이 모두 앞선 형들의 손으로 넘어갔지만 그때까지 하모니카는 그 자리에 남아 있었다. 하모니카를 바라보는 내 가슴은 콩콩 뛰었다. 혹시 지금까지 남아 있는 저 하모니카를 다른 사람이 가져가면 어떻게 하나. 그러면 그 친구의 하모니카를 내가 빌려서 불어볼 수나 있을까? 그런 생각을 하고 있는 동안 우리가 서 있는 줄은 점점 줄어서 바로 내

앞의 친구 차례가 되었다. 하모니카는 그때까지도 그 자리에 남아 있었다. 그 자리에 남아 있는 하모니카를 내가 바라보는 순간, 선생님은 하모니카를 집어서 내 앞 친구에게 건네주었다. 나는 너무도 섭섭하고 아쉬워서 그 자리에 털썩 주저앉을 뻔하였다. 하모니카는 결국 내 손에서 멀어져 친구의 손으로 가고 말았다.

나는 그날 오후부터 소를 몰고 산으로 가면 하모니카 대신 풀잎을 따서 풀피리를 불기 시작했다. 아카시아 잎을 뜯어 피리를 불기도 했고 쇠뜨기 잎을 뜯어 피리를 불기도 했다. 버들잎을 따서 피리를 불기도 했고 싸리잎을 따서 피리를 불기도 했다. 내가 부는 풀피리 소리는 곡도 없고 가락도 없었다. 그저 내가 불고 싶은 대로 무엇이나 불었다. 하늘을 향해 불어대는 풀피리 소리는 어쩌면 하모니카를 빼앗긴 나의 슬픔이 공중으로 날아가는 것 같았다.

경남 가창군 가조면 석강리, 그 언덕과 산에 가면 아직도 내가 불던 풀피리 소리가 골짜기마다 메아리로 남아 기슭을 떠놀고 있을을 것 같다. 그때가 그립다. (『월간에세이』, 1996.)

제2부

—

어떻게
읽을까요?

여러 종류의 착각

황인찬의 「무화과 숲」, 박준의 「당신에게서 오는 봄 - 경첩」

저는 매일 시를 읽습니다. 아마도 시를 읽지 않고 지나가는 날은 하루도 없을 것입니다.

고려 시대 백운(白雲) 이규보(李奎報)도 그의 산문집 『백운소설白雲小說』에서 이렇게 썼습니다.

'나는 시를 좋아해서 매일 시를 읽는다. 병이 나서 몸이 아프면 안 아픈 날보다 시를 더 많이 읽는다'(詩酷好病中倍於平日)

그러니 시를 좋아하는 사람은 시병(詩病)에 걸립니다. 시를 너무 좋아하는 것도 일종의 시병이니 이 병에 걸리면

나을 방도가 없습니다. 아니 아예 나으려하지도 않습니다. 1930년대 시인 이상(李箱)은 친구 김기림(金起林)에게 보낸 편지에서, 그런 병을 '고황(膏肓)에 든 병'이라 했지요. 어떤 약을 써도 낫지 않는 병이 '고황에 든 병'입니다. 저도 고황에 든 병을 갖고 있나 봅니다.

저는 요즘 젊은 시인들의 새로운 감각을 시로 맛보는 즐거움을 가지고 있습니다. 이 즐거움은 잘 키운 채소를 한 입 베어 무는 것 같은 느낌에 비길 수 있습니다. 황인찬이나 박준의 시가 그런 시들입니다.

쌀을 씻다가
창밖을 봤다

숲으로 이어지는 길이었다

그 사람이 들어갔다 나오지 않았다
옛날 일이다

저녁에는 저녁을 먹었다

아침에는

아침을 먹고

밤에는 눈을 감았다

사랑해도 혼나지 않는 꿈이었다

황인찬 「무화과 숲」 전문

'어떤 현대성, 이상한 멋부림, 여러 종류의 착각' 이 말은 『GO Korea』의 황인찬의 시집 『희지의 세계』에 대한 평입니다. 알맞고 맛깔스런 평으로 보입니다. 그래서 저는 『시 가꾸는 마을』이라는 조그만 책자에(작기 때문에 Little Mag-azine이라는 타이틀을 붙인 잡지입니다) 이 시를 소개하면서 이런 감상을 덧붙였습니다.

어깨에 힘을 빼야 공이 제대로 나간다고 한다. 이 시인은 최근 한국의 젊은 시인들이 경쟁하듯 쓰고 있는 힘겨운 말의 싸움을 거부한다. 앙증스럽고 유약해 보이면서도 읽고 나면 오래 마음의 수면에 오랫동안 동동 맑은 물방울이 떠다닌다. 그게 이 시인의 매력이다. '저녁에는 저녁을 먹었다 // 아침에는 / 아침을 먹고 // 밤에는 눈을 감았다, 라고

보탠다. 아찔한 말의 재미가 있다.

겨울 솜이불을 걷어내고
조금 이른 봄 이불을 덮고
한잠 깊이 잤다는 당신에게
나는 웃고 또 웃어보였습니다
건물 지하방에 사는 어린 남매가
담벼락 앞에서 놀다
빨아 널어놓은 이불보에
말간 얼굴을 비벼도 좋을
봄이 오고 있었습니다

박준 「당신에게서 오는 봄-경칩」 전문

또 있습니다.

미숫가루를 실컷 먹고 싶었다
부엌 찬장에서 미숫가루 통 훔쳐다가
동네 우물에 부었다
사카린이랑 슈거도 몽땅 넣었다

두레박을 들었다 놓았다 하며 미숫가루를 저었다

빰따귀를 첨으로 맞았다

박준 「삼학년」 전문

　아마도 이 시인의 고향은 어느 시골인 것 같습니다. 그의 이력에는 대한민국 시인이라는 말밖엔 없어 고향이 어디인지는 잘 모르겠습니다. 시인은 시골에서 아이스크림은 먹지 못하고 그저 미숫가루나 먹으면서 심심함을 달래곤 했던 것 같습니다. 그러한 유년시절의 회상을 숨김없이 말하고 있습니다. 귀엽고 예쁜 시입니다. 짧지만 많은, 긴 이야기가 담겨 있는 시입니다.
　그러나 이런 시들이, 갖는 시의 성향이란 너무 가볍고 어리고 덜 세련되어서 친근하기는 하나 고급한 정서, 세련된 수사에는 이르지 못한 아쉬움이 있습니다. 고급한 정서, 세련된 수사는 시간을 기다리면 가능하겠지요. 아직은 보글보글 끓어오르는 정감의 전달이 더 급한 모양입니다. '시적 언어'와 '수사의 세련'은 전문가 시인이 되기 위해서는 필수적인 요건입니다. 어떤 시인은 말했지요. 시는 다른 사람이 가질 수 없는 고급한 감수성 하나만은 지녀야 한다고, 그러려면 시적 언어는 시정어(市井語)가 따를 수 없는 고급한 향기와 더 깊은 사색과 세련된 수사를 지녀야 합니다. 그런 점에서 위의 시들은 습작기의 취향, 시를 위한 메모, 시 쓰기 전단계의 에스키스에 가깝습니다.

우리는 시인이라 하면 언뜻 떠올리는 인상이 있습니다. 옷매무새에 신경을 쓰지 않으면서도 그 모습에 남다른 매력이 있다든지, 말을 잘 하지는 않지만 그 말 한 마디 한 마디에 큰 울림이 있다든지, 잘 웃지는 않지만 그 웃음에 긴 여운이 남는다든지, 머리를 빗지 않고 헝클어진 머리카락을 하고 다녀도 멋스러워 보인다든지, 웃옷 단추를 풀어놓고 헐렁한 차림을 하고 있어도 오히려 여유롭게 보인다든지, 그런데도 그 사람에게는 단박에 시인이라는 향기가 은연중에 배어나는 체취를 가졌다든지…….

그런 사람의 모습을 시인의 풍취이고 면모라고 한다면 위 시들은 너무 소박하고 깨어지기 쉬워서 좀 더 여물어야 마음이 놓이는 시들이라고 하겠습니다. 말하자면 너무 앳되고 너무 단정하지요. 아마도 이런 젊은 시인들도 때가 되고 시간이 흐르면 더 어른스럽고 성숙하고 꽉 찬 시를 쓸 때가 오겠지만 아직은 예술시의 단계에는 이르지 못한 시작(始作) 단계에 머물고 있는 게 아닌가 하는 생각이 듭니다. 독자에게 기쁨을 주면서도 높고 고급한 향기를 전하는 시, 그런 시가 우리에게는 많이 있습니다. 범속한 언어, 시정언어가 바로 시라고 말하는 것은 그 사람의 고집에 불과합니다. 시인은 언어를 가장 높고 향기로운 단계까지 끌어올리려고 밤낮을 가리지 않고 고민하는 사람입니다. 저는 아직 이 어여쁜 시인들을 본 적이 없습니다. 그러나 마음은 벌써 그들과 손을 잡고 악수를 나눈 것 같습니다. (동리·목월 문학관, 경주 강의, 2009. 10. 12)

진지한 시와 재미있는 시

성동혁의 「바람, 종이를 찢는 너의 자세」, 유지소의 「그 해변」, 이준규의 「삼척0」

문제를 하나 던져볼게요. 도대체 시가 뭡니까? 왜 여러
분은 시간 날 때마다 시를 읽고 외웁니까? 그리고 한데 모
여서 시낭송회를 가집니까? 상을 타기 위해서, 낭송전문가
자격증을 따기 위해서, 무대에 서고 싶어서, 드물지만 그저
시가 좋아서, 아마도 그런 이유 혹은 그와 유사한 다른 이
유가 작용할 것입니다.

우리 주위에, 또는 우리가 아는 사람 가운데서 시가 없어
배가 고프거나 시가 없어 죽은 사람은 아무도 없습니다. 시
가 밥을 먹여주는 것도 아니고 시가 크나큰 영광을 가져
다주는 것도 아닌데 우리는 시를 외고 한데 모여 낭송회를
갖고 시를 외기 위해 많은 공을 들이며 시간을 보내지 않

습니까. 시에 굶주려, 시에 배고파 죽는다는 말은 매우 유물론적이긴 하지만 설령 시 때문에 굶어죽지는 않는다 하더라도 시가 있어 우리 삶이 풍윤해지고 윤택해지는 것은 부인할 수 없는 사실입니다.

여러분이 시를 많이 읽고 외는 분들이니까 잘 아시겠지만, 시에는 재미있는 시도 있고 재미없는 시도 있습니다. 진지한 시도 있고 농담 같은 시도 있습니다. 슬픈 시도 있고 기쁜 시도 있습니다. 개인적인 시도 있고 사회적인 시도 있습니다. 그러나 어떤 종류의 시가 반드시 좋은 시라고 단정 짓기는 어렵습니다. 개인적인 기호와 취향이 있고 시를 보는 시각과 기준이 다양하기 때문입니다.

그런데, 오늘은 다음의 두 가지로 말머리를 틀어 보겠습니다. 선입견을 갖지 말고 소풍가는 아이처럼, 선생님을 졸졸 따라다니는 학동처럼 시를 따라가다 보면 그 안에서 최소한의 재미를 발견할 수도 있고 최소한의 유익함도 얻을 수 있을 것입니다. 마치 초등학교 시절 소풍 갔을 때 길가나 풀숲 속에 감추어진 보물찾기를 한 것처럼 말이에요.

우선 진지하고 감치는 맛이 나는 시부터 한 편 볼까요.

나는 기상청에 당신이 언제 그리울지 물어봤다가 이내 더 쓸쓸해졌다
즐거운 사람들이 많았는데 새벽엔 모두 사라졌다
도표를 그리거나 하며 곡예사나 갈대의 춤들을 창문에 가둬 두었다
급류에 휩쓸려 나부끼는 깃발처럼 우린 젖지 않고도 섬을 이해하지만
여린 눈들이 태풍의 눈이 되어 갈 땐 거울 대신 창고에 들어가 먼지를 가라앉힌 적막을 마주봐야 했다
함부로 나부끼며 울어서도 안됐다 창고를 두들기는 사람들에게 찾을 것이 있다고 말하고 창고 밖에서 잃어버린 것을 찾는 척 해야 했다

한낮에도 나의 문장을 훔쳐가는 바람과 반대로 걸으며 가여운 마을과 댐을 뜯고 날아간 하얀 염소들의 새끼들을 돌보며 늙고 싶었다
창문으로 쉽게 얼굴들이 비치지만 문을 열고나면 전쟁뿐이었다

성동혁 「바람 종이를 찢는 너의 자세」 전문

너무 청순하고 애틋하여 읽기조차 안쓰러운 시입니다. '당신이 언제 그리울지를 기상청에 물어봤'다잖아요. 기상청이란 기상관측을 해서 일기예보를 해주는 곳인데 그리움에 밀리고 밀려서 내 그리움의 때가 혹은 그립지 않을 때가 언제인지를 기상청에 물어봤다지 않습니까? 너무도 그립다는 말이고 그립지 않을 때가 한 시도 없다는 말을 이렇게 한 것이지요. 그리운 마음의 예보까지를 기상청에 물어보았다니 너무도 애교스럽지 않습니까. 이 시인은 아직 서른 안팎의 젊은(어리다고 해도 좋을) 시인입니다. 그의 첫 시집 『6』(민음사)을 읽어보면 그는 많이 아팠던 사람이고 어쩌면 죽음에 이를 만한 대수술을 6번이나 받은 사람입니다. 그의 이 시집에는 죽음과 죽음을 이겨내는 비밀스러운 정서가 군데군데 얼비쳐 있습니다. 아마도 병원이나 집에서 앓으면서 '한 때 즐거웠던 사람들과의 일'을 떠올리다가 그것에도 싫증이 나면 종이에 도표를 그리기도 하고 곡예사나 갈대의 춤을 생각하기도 했나 봅니다. 급류에도 떠내려가지 않는 섬을 생각하기도 하고 창고에 들어가 적막하게 쌓인 먼지들을 생각하기도 한 것 같습니다. 그 다음 구절은 너무 어리거나 질박해서 문장으로서는 매우 서투른 표현이라고 할 수밖에 없는 구절입니다.

함부로 나부끼며 울어서도 안됐다 창고를 두들기는 사람들
에게 찾을 것이 있다고 말하고 창고 밖에서 잃어버린 것을
찾는 척해야 했다

이 문장은 차라리 '울음을 참으면서 창고 밖에서 나를 지
켜보았다'는 정도가 더 좋지 않았을까 싶어요. 그러나 시인
이 쓴 구절을 다른 사람이 고칠 수는 없는 일 아닙니까. 제
가 읽기에는 이 시 가운데 가장 매혹적이고 말랑말랑한, 젤
리 같은 부분은 다음 구절,

한낮에도 나의 문장을 훔쳐가는 바람과 반대로 걸으며 가여
운 마을과 댐을 뜯고 날아간 하얀 염소들의 새끼들을 돌보
며 늙고 싶었다

입니다. 서른 안팎의 시인이 '염소 새끼들을 돌보며 늙고
싶었다'니 좀 조로(早老)한 느낌이 들기도 하지만 그것은 기
실 이 시인의 병약함에서 오는 감상에 불과한 것이겠지요.
그러나 그러한 문맥의 서투름이 이 시 읽기에 파탄을 가
져오는 건 아닙니다. 그런 구절이 오히려 시를 앙증스럽게
읽히게 하는 역할을 하지요. 마치 이제 말 배우는 세 살짜

리 아이가 말도 안 되는 소리로 재잘거릴 때, 우리 중 누가 세 살짜리한테 '너는 왜 말도 안 되는 소릴 해' 하고 타박하지 않듯이 말입니다.

이번에는 좀 다른 시를 볼까요? 시는 '언어의 장난(언롱)'이라고 말하면 케케묵은 옛날이야기이거나 고매한 시론을 이야기하려는 것처럼 들릴지 모릅니다만 그러나 케케묵은 것이 새로워 보이고 장난이 사실보다 더 진지해진다면 문제는 달라집니다. 시를 봅시다.

그 해변에서는 가벼운 화재도 사소한 싸움도 일어나지 않는
것이다 도대체 살아있는 사람이 도착하지 않는 것이다
그 해변은 지루해서 지루해서 작은 모래알은 더 작은 모래
알을 질투하는 것이다 더 작은 모래알보다 더더더더더더더
더더더더 작아지려고 자꾸 발끝을 벼랑위에 세우는 것이다
벼랑이 먼저 무너지는 것이다 모래를 넘어 모래를 넘어 모
래를 넘어 모래를 넘어 모래가 넘어지는 것이다 그 해변은
그렇게 더더더더더더더더더더더 가까이 세계의 끝으로 다
가가고 마는 것이다

유지소 「그 해변」 시집 『이것은 바나나가 아니다』(2016)에서

이 시의 제목은 「그 해변」이지만 독자는 '해변'에 중점을 두고 읽을 필요는 없습니다. 아무 일도 일어나지 않고 사람도 오지 않는 해변 이야기이지만 시인은 해변 이야기를 하려고 이 시를 쓰는 게 아닙니다. 어떤 정신적 공황 상태, 그래서 무언가를 장난스럽게 해보고 싶은 충동을 받은 상태, 정신의 유희를 해서라도 그 지루함을 면하고 싶은 상태를 말하려고 하는 시입니다.

> 그 해변은 지루해서 지루해서 작은 모래알은 더 작은 모래알을 질투하는 것이다 더 작은 모래알보다 더더더더더더더더더더 작아지려고 자꾸 발끝을 벼랑위에 세우는 것이다

에서 그것을 읽을 수 있습니다. 무언가 말을 터뜨리지 않으면 못 견딜 것 같은 상태, 그래서 작은 모래를 더 작은 모래, 아니, 더더더더더더더더더더 작은 모래라고 마구 흩뿌려놓지 않습니까. '더더더' 작아지는 모래이니 쌓일 수도 없어, 모래를 넘어 모래를 넘어 모래를 넘어 모래가 넘어지지 않습니까. 말장난(pun)이지요. 그런데 말장난이니까 실없이 웃어넘기겠습니까? 아니지요. 시인이 전달하고자 하는 것은 우리에게 일상의 지루함을 무너뜨리고 정신을 단

련시켜 다른 일상을, 보다 신선하고 새로운 일상을 찾아 나서자는 말이 안으로 숨어 있는 것입니다. 그것을 읽어야 합니다. 그렇게 읽으면 말장난처럼 보이는 이 시가 훨씬 신선하고 재미있는 시로 읽혀질 것입니다.

삼척은 삼척, 삼척은 삼척, 삼척은 삼척, 삼척은 삼척, 삼척은 삼척, 삼척은 삼척, 삼척은 삼척, 삼척은 삼척, 삼척은 삼척, 삼척은 삼척, 삼척은 삼척, 삼척은 삼척, 삼척은 삼척, 매미는 흔들리고 삼척은 삼척, 너는 위에서 아래로 떨어지고, 삼척은 삼척, 케이크를 잘라 삼척은 삼척, 왜 전화 안 받니 삼척은 삼척, 잔을 들어라 삼척은 삼척, 술이나 쳐 삼척은 삼척, 방 있어요 삼척은 삼척, 한 번만 삼척은 삼척, 그러지 말고 잠깐만 삼척은 삼척, 아니야 아니야 삼척은 삼척, 그래 그래 삼척은 삼척, 죽이겠어 삼척은 삼척, 전진 삼척은 삼척, 흩어져라 삼척은 삼척 잇어리 삼척은 삼척, 너는 시를 쓰고 있니 삼척은 삼척, 너는 시인이 되었구나 삼척은 삼척 풀무치 잡으러 가자 삼척은 삼척

이준규 『삼척0』 부분

이 시에서 독자는 언어의 끝없는 반복에 숨이 가쁩니다. 그렇습니다. 독자가 이 시를 읽으면서 숨이 가빠지는 것을 이 시는 노립니다. 숨이 가빠지면 가빠질수록 시인은 쾌재를 부를 것입니다. 왜 그럴까요? 시인의 의도가 처음부터 거기 있었으니까요. 여기서 삼척이란 말은 별 의미가 없습니다. 강릉이라 해도 포항이라 해도 상관이 없습니다. 혹 시인이 삼척에 놀러가서 이 시를 생각했다가 돌아와 쓴 것일 수는 있습니다만 그렇다고 해도 다른 지명으로 바뀔 때 파탄이 오거나 난관이 오는 것은 아닙니다.

그러면 이 시에서 '삼척'을 빼버리고 읽어봅시다.

매미는 흔들리고, 너는 위에서 아래로 떨어지고, 케이크를 잘라, 왜 전화 안 받니, 잔을 들어라, 술이나 쳐, 방 있어요, 한 번 만, 그러지 말고 잠깐만, 아니야 아니야, 그래 그래, 죽이겠어, 전진, 흩어져라, 잊어라, 너는 시를 쓰고 있니, 너는 시인이 되었구나, 풀무치 잡으러 가자.

이 같이 되면 이 시는 맥락이 없는 넋두리를 늘어놓은 것에 불과합니다. 어찌 보면, 삼척이라는 동해안의 작은 항구, 거기에 연인과 함께 가서 방을 구하고 술을 마시고 연인과의 정사를 꾀하다가 실패하는 과정을 연상할 수도 있지만 이어지는 다음의 말들이 꼭 그런 연상만을 허용하지는 않습니다. 그러니까 다변과 수다로써 독자들을 사로잡아보려는 의도가 깔려 있는 시이지요. 무슨 뜻이 있냐구요? 아무 뜻이 없어도 상관없습니다. 다만 읽는 재미, 반복과 중첩에 의한 율독감(律讀感)을 느낄 수 있으면 되는 것이지요. 연인과 해변을 거닐면서 아니면 여관방에 들어가 꼭 의미 있는 말, 진지한 이야기가 필요하지 않는 것처럼, 이 시는 그저 많은 어휘를 늘어놓으면서도 그것이 하나의 의도에 잘 꿰어져 알맞은 균형을 보이는 시의 예라고 보면 됩니다.

어려운 말로는 정동(情動,affectus)이라는 용어가 해당되겠는데 스피노자가 했고 들뢰즈라는 철학자가 다시 한 이 말을 여기서 굳이 끌고 올 필요도 없이 이 시를 쓰는 시인의 정서의 움직임, 감정의 이동상태를 가감 없이, 아무런 삭제 없이, 의식의 흐름에 아무런 간섭을 받지 않고, 생각나는 대로 나열해 놓은 것이라 보면 됩니다.

'나에게는 어떤 충동 말고는 아무 것도 없다'라고 쓴 시인의 말을 참고하면 도움이 될 것 같네요. '내용 없는 아름다움' 대신 '내용 없는' 시 읽기의 재미를 느낄 수 있다면 그런 시는 그 나름대로 유효한 것입니다.

예쁜 시는 예쁘고 깜찍한 시는 깜찍하고 정겨운 시는 정겹고 아름다운 시는 아름답습니다. 그만하면 시가 제 몫을 다 한 것입니다. (남산 시낭송회, 서울 강연, 2015. 9. 22)

상큼하고 짭짤한 서정시의 맛

김영남의 「보림사 참빗」

　시의 해설이 필요 없는 시대가 된 것 같습니다. 아니 시평이 필요하지 않은 시대가 된 것 같습니다. 시가, 시 자체가 해설을 다 하고 있는 시대가 되었기 때문입니다. 시가 다 말하고 시가 다 웃기고 시가 다 울어버렸으니 독자가 더 궁금해 할 것도 더 아파할 것도 없는 시대가 된 것 같습니다. 이야기시라고 명명할 수 있을, 스토리 시, 이야기를 가진 시가 대세를 이루고 있습니다. 각주나 시작메모로 들어가야 할 말들이 시의 본문을 채우고 있으니 시의 축약과 절제와 겸양의 맛은 사라져 버렸습니다. 메시지를 전달하려는 시들이 시의 물소를 바꾸어놓은 결과이고 한 때의 난해시들이 시의 전달을 방해한다는, 그래서 시의 이해가 어렵다는 일에 대한 반성이 그런 흐름을 만든 것 같습니다. 월평이나 계간평, 올해의 좋은 시들에 선정된 시들도 대부분 그런 흐름을 따르고 있는 듯합니다. 대부분의 신춘문예 당선작들도 예외가 아니지요.

그러나 아직도 시의 참된 묘미는 함축적 언어, 시어의 도저한 축약, 행과 행 사이를 지나는 울림, 읽고 난 뒤에도 오래 남는 여운에 있는 것은 산문에 흡수되지 않고 살아있는 시의 존재 이유입니다. 그런 점을 생각한다면, 요즘 유행하는 시들은 대부분 일회적이라 할 수 있습니다. 처음 읽을 때는 깜찍하고 즐거우나 한 번 더 읽어보고 싶은, 오래 맘속에 여운을 남기는 시를 만나기가 어렵다는 말입니다.

그런 점에서 비교적 자유로운 시인이 있습니다. 김영남입니다. 김영남의 문단 경력이 오랜 듯하여 올해에 나온 그의 시집 『푸른 밤의 여로』의 날개에 달린 약력을 보니 1997년 등단으로 되어 있습니다. 그리고 보면 아직 김영남의 문단 경력은 9년인 셈입니다. 등단 경력 10년 이내의 젊은 시인의 시 한 편을 골라달라는 요청 때문에 평소 시집을 받아도 잘 안 읽는 약력을 들추어 보았습니다. 왜 나는 김영남의 등단을 오랜 일로 기억하고 있을까? 그것은 아마도 김영남의 시에의 친숙성 그리고 그간 상자한 몇 권의 시집, 몇 종의 문학상 그리고 개인적인 교감 등에 의한 것일 듯합니다.

시집 『정동진역』이나 『모슬포 사랑』 등에서 이미 확인된 사실이지만 김영남의 시의 뿌리는 질박한 서정에 있는 듯합니다. 질박한 서정이란 토속적인 향취와 동의어이고 토속적 향취는 흙과 두엄냄새를 맡게 하는 고향냄새에 비겨도 됩니다. 이러한 질박한 서정의 육체에 해학의 옷을 입히고 유머의 분을 발라 읽는 사람의 마음을 넉넉하게 하거나 후끈 달아오르게 하는 품이 김영남의 시에는 있습니다. 그것이 김영남의 체취이고 시적 재간인 듯합니다. 그가 지닌 이 질박한 서정에서 해학과 유머를 벗겨내고 나면 그 골격은 나의 초기 시, 어쩌면 『청산행』으로 대신 되는 시절의 내 시와 방불함을 느끼며 나는 그의 시를 음미합니다.

김영남의 시는 뜨신 온돌방과 같아 읽는 사람을 거기에 오래 머물게 하고 오래 앉아 마음을 녹이게 하는 불기가 있습니다. 그의 시는 이 시대 젊은 시들에서 만나기 어려운 유머가 있고 재기와 상큼함이 있고 숟가락 위에 올려놓은 젓갈 같은 짭짤한 맛이 있습니다. 상큼하다는 것이 어찌 지어서 되는 일입니까? 짭짤하다는 것이 어찌 억지로 되는 일입니까? 그 위에 구수한 숭늉 맛까지 곁들인 시가 요즘 시에 그리 흔한 모습입니까? 이런 시적 향취들이, 이런 시적 재간들이 모두 김영남 시의 진면목이라고 나는 생각합니다.

강진, 마량, 칠량이며 내소사, 보림사, 가지산이며 분토리, 몽대항, 칠연계곡들이 그저 거기에 있는 땅이름이나 절이름만이 아닙니다. 거기에 있으되 아무도 거기에 있는 이름을 마음속까지 끌고 오지 않았을 때 시인이 처음으로 그 이름들을 스스로의 마음속뿐 아니라 독자의 마음속에까지 끌어다 안겨준 것입니다. 그랬을 때 비로소 그 이름들은 생명을 얻어 다시 태어나는 것이고 독자의 마음속에 시어가 되어 움트는 것입니다. 버려지고 잊혀진 고향 이야기가 헌 옷가지가 아니라 새로 마름질한 패션이 될 수 있는 가능성을 시인은 보여준 것입니다. 그랬을 때 시인은 최초로 명명하는 자가 됩니다. 김영남이 바로 그런 시인에 해당합니다. 범종 소리를 만날 때마다 참빗을 꺼내 헝클어진 머리를 빗는 시인의 해학과 유머 위에 사색의 구비길을 더 오래 걸어가야 합니다. 나는 그것을 바라고 충고하고 싶습니다.

먼 보림사 범종 소리 속에
가지산 계곡 솔새가 살고,

그 계곡 대숲의 적막함이 있다.

9월 저녁 햇살도 비스듬하게 세운,

난 이 범종소리를 만날 때마다

이곳에서 참빗을 꺼내

헝클어진 내 생각을 빗곤 한다

김영남 「보림사 참빗」 전문

〈시 가꾸는 마을〉 청도 강의 (2010. 9. 20.)

암시의 시학

김종삼 시 읽기

나의 무지는 어제 속에 잠든 亡骸

세자르 프랑크가 살던 사원 주변에 머물렀다

나의 무지는 스테판 말라르메가 살던 本家에 머물렀다

그가 태던 곰방댈 훔쳐내었다

훔쳐낸 곰방댈 물고서

나의 하잘 것 없는 무지는

반 고흐가 다니던 가을의 近郊

길바닥에 머물렀다

그의 발바닥만한 낙엽이 흩어졌다

어느 곳은 쌓이었다

나의 하잘 것 없는 무지는 장 폴 사르트르가
경영하는 煉炭工場의 직공이 되었다
파면되었다

김종삼 「앙 포르멜」 전문

앙 포르멜은 앤티 폼=Anti Form=반 형태=추상의 등식
이 성립됩니다. 현대미술의 흐름의 일부분입니다. 여기에
는 19세기 미술, 세잔에서 20세기 미술 피카소나 살바도
르 달리까지, 그리고 잭슨 폴록, 제스퍼 존스까지의 이해가
필요합니다.
　그러나 그것을 어느 정도 이해한다고 해서 위의 시가 선
명히 이해되는 것은 아닙니다. 그러면 위의 시는 무엇을 말
하고 있는 것일까요? 일상적 의미를 뛰어넘지 않으면 이
시는 이해될 수 없습니다. 여기에는 초현실주의의 우연성
과 자유 연상과 자동기술, 앨른 테잇의 텐션 이론, 클리언
드 부르크스의 아이러니 이론들을 연결해야 이해가 쉽습
니다. 그러나 그런 것은 시의 역사적 흐름에서 연유하는 것

이고, 더 뚜렷한 방증 자료로는 말라르메의 '암시의 시학'을 연상하면서 읽으면 한결 이해가 쉽습니다.

　말라르메는 사물을 바로 명명하지 말고 암시하라고 권합니다. 그 방법은 이러합니다.

　1) 효과를 그려라. 사물이 아니라 그 사물이 이야기하는
　　효과를 그려야 한다. 시구는 말들로 이루어져서는 안
　　되고 의도로서 이루어져야 한다.

　그러니까 위의 시는 세자르 프랑크와 사원주변, 말라르메의 곰방대 등을 무선(無線)의 상상으로 연결시키며 읽을 필요가 있습니다.

　2) 암시하라. 대상을 명명한다는 것은 추리해 나가는 시의 맛을 죽여버린다. 대상을 암시하는 것 - 여기에 꿈이 있다. 조금씩 혼의 상태를 보여주기 위해 대상을 희생시킬 것 혹은 일련의 암호 해독으로 그 대상에서 혼의 상태를 벗겨낼 것,

　위의 시에서는, 사원 주변에 머무는 무지, 곰방대를 훔쳐낸 무지 등 일반적으로는 이해되지 않는 말의 교착과 거리를 추상적으로 재면서 읽는 게 좋습니다.

3) 유사성에 의한 정확한 이미지의 관계를 세워라. 그러나 거기서 추리해 나갈 수 있는 명백한 3분지 1의 면을 제거해야 한다.

모든 시 읽기가 다 그렇지만, 위의 시는 시인이 의도적으로 압축과 생략을 기법으로 하고 있다는 것을 생각해야 합니다. 말하자면 모든 연이 골격만 유지한 채 자세한 정황과 사태는 제거되고 없음을 인식해야 합니다.

4) 어휘를 혁신하라. 말들의 박학, 그리고 어휘의 확실한 사용. 말의 원초적 의미를 잃지 않으면서 거기에 상징성을 부여하라.

일반적인 시 읽기에 익숙한 독자들은 너무도 생소한 어휘나 상상들을 사용하고 있는 예를 이 시에서는 경험하게 됩니다. 그러나 그것은 시인의 기발한 발상법과 기교가 첨가된 것이므로 독자는 맛깔스럽게 압축된 한 편의 시를 읽는다는 마음으로 읽으면 좋습니다.

5) 말들을 산문적 논리에서 해방시켜라.

산문적 언어의 논리란 일상적인 문법성을 생각하면 됩니다. 산문은 개념화된 언어들을 사용합니다. 개념화란 어떤 사물 현상에 대한 일반적인, 누구도 의심할 수 없는 의미나 지식으로 가는 단계를 말합니다. 그러나 시에 쓰이는 말은 개념화를 뛰어넘습니다. 시의 언어는 서로를 반사하며, 스스로의 색깔로 융화하여 마침내는 그 스스로의 색깔을 버리고 전혀 다른 색깔과 의미를 창출합니다. 발바닥만 한 낙엽, 파면 등의 말이 이 시의 문맥에 어떻게 쓰였고 어떤 색깔을 띨까를 생각해 보면 됩니다.

6) 멜로디를 발견하라.

말라르메는, 멜로디란 청각과 시각에 대한 어렴풋한 매력 속에 서로 용해되어 있다고 말합니다. 분명한 의미는 없으면서도 읽으면 기쁨으로 울려온다는 뜻으로 이해하면 됩니다. 본래 상징주의 시는 의미보다는 음악성을 중시합니다. 위의 시는 해석을 거부하고 있을 정도로 의미는 불투명하지만 멜로디컬하게 읽힙니다. 그렇게 읽으면 기쁨을 느낍니다.

〈시 가꾸는 마을〉 청도 강의(2015. 5. 6.)

시를 읽는 두 가지 눈

김춘수의 「꽃」

내가 그의 이름을 불러주기 전에는
그는 다만
하나의 몸짓에 지나지 않았다

내가 그의 이름을 불러주었을 때
그는 나에게로 와서
꽃이 되었다

내가 그의 이름을 불러준 것처럼
나의 이 빛깔과 향기에 알맞은
누가 나의 이름을 불러다오

그에게로 가서 나도
그의 꽃이 되고 싶다

우리들은 모두
무엇이 되고 싶다
너는 나에게 나는 너에게
잊혀지지 않는 하나의 의미가 되고 싶다

〈전문〉

먼저 시 안의 숨은 비밀을 찾아 해명하는 읽기의 예입니다.

이 시는 나와 그와 이름의 세 개의 지주(支柱)로 되어 있다. 내 앞에 그는 현존한다. 그는 내 앞에 그저 있다. 있다는 것은 존재를 의미한다. 나는 그를 부재로부터 이끌어 내어 어떤 의미를 부여한다. 의미의 부여란 이름을 지어주는 일이다. 그리하여 '하나의 몸짓에 불과하던 그가 나에게로 와서 꽃이 된다. 주술적인 힘으로 그것을 부재로부터 이끌어 내어 '무엇'이 되게 하는 것은 언어의 힘이다. 나 역시 마찬가지이다. 정말로 누군가가 나의 빛깔과 향기에 맞는 이름으로 나를 부재에서 존재로 이끌어 준다면 그에게로 가서 나도 꽃이 되고 싶다. 그리하여 나도 그와 함께 그의 '무엇'이 되고 싶다. 그 과정을 가능하게 하는 것은 말할 필요도 없이 시의 언어다. 내 앞에 현존하는 그것은 니와 관계없이 현존하고 있었던 것이다. 그런데 그것이 무엇인지, 누구인지 몰랐을 뿐이다. 그런 그가 언어를 주고 이름을 불러주면서 잊혀지지 않은 의미가 되었고 마침내 나의 꽃이 된 것이다. 인간조건의 초극이다.

김현『상상력과 인간』에서

위의 읽기는 시의 직접적 언술에서는 가려져 있는 숨겨진 의미를 찾으려는 시도입니다. 그런데 이와는 전혀 달리 시를 읽는 경우도 있습니다.

시의 비밀인 존재를 내가 주도적으로 인식한다는 것은 불가능할 뿐 아니라 불합리하다. 인식은 호명하는 것인데, 존재는 말로 할 수 없는 것이고 따라서 나의 호명 권역 밖에 존재하기 때문이다. 이것이 김춘수의 꽃이 아름답지 않은 이유이다.

「꽃」을 처음 읽었을 때 내가 받은 인상은 왠지 인조 꽃 같다는 것이었다. 그때는 그 이유를 몰랐다. 그런데 지금은 짐작할 것 같다. 김춘수의 호명된 꽃잎들은 존재의 빛을 발하지 않는다. 꽃이 한창인 나무는 그 나무가 나무일 때, 여여하게 우리 앞에 나타나 있을 때 그 꽃나무는 아름답다. 존재를 우리는 잉여의 산물, 은총으로서 경험한다.

송상일 「국가와 황홀」에서

위에서 보는 것과 같이 시 읽기는 때로 이렇게 상반되는 경우가 있습니다. 다만 시를 읽는 방법으로서는 어느 읽기도 불가능하다고 말할 수는 없습니다. 거기엔 읽는 사람의 개성, 취향, 나아가 전문적 이론 등의 차이가 수반되는 경우가 있기 때문입니다. 그러나 우리는 아름다운 시는 아름답게 읽어주는 눈과 마음이 필요합니다. (영남대 글로벌 평생교육원 문예창작반 강의, 2020. 10. 5.)

제3부
—
파르나시앙의 저녁 산책

파르나시앙의 저녁 산책

우정에 대하여

지금 내 칠십의 생애에서

스무 살의 나이는 다시 돌아오지 않는다

칠십의 봄에서 스무 살을 빼면

남아 있는 것은 오십에 지나지 않는다

활짝 핀 꽃을 구경하는데

오십의 봄은 잠깐 동안이니

수풀가로 나는 가자

눈을 쓰고 있는 벚나무를 보기 위하여

엘프릿 에드워드 하우스만 「나무 중에 제일 아름다운 나무」 전문

봄 햇살이 소중한 것은 혹한의 겨울이 길었기 때문입니다. 나는 우수가 지나고 열흘 뒤에 일본 여류 작가 쓰시마 유코와 한국의 여성 작가 신경숙이 주고받은 편지글을 읽습니다. 쓰시마 유코의 글 가운데 이런 대목이 나옵니다.

전쟁 중이나 천재지변에 처해 있다 해도 우리는 먹을 것을 찾아야 하고 화장실에 가야하며, 연애를 하고 시시한 싸움도 합니다. 누군가는 숨을 거두고 어딘가에는 아이가 태어나지요. 봄에는 꽃이 피고 신록이 빛을 발합니다. 깊은 슬픔 속에 있어도 작은 웃음이 핍니다.

신경숙이 화답한 글에는 또 이런 대목이 나옵니다.

일월도 하순에 접어들고 있군요. 지금 내 집 근처는 길도 산도 나무도 건물도 모두 누군가로부터 조용히 해! 라는 명령을 받은 듯 정지해 있습니다. 겨울 한낮은 응시의 시간이지요. 햇살이 온화하게 퍼지는 날에는 창 쪽으로 다리를 쭉 벋고 앉아서 책을 봅니다. 매번 겨울을 보내고 나면 시간을 도둑맞은 것 같이 허탈한가 봅니다.

한일(韓日) 두 나라의 잘 쓰는 작가의 편지글을 읽는 재미는 이처럼 쏠쏠합니다. 이들의 화답은 그것이 편지글인 만큼 솔직하고 정겨워 보입니다. 두 사람이 모두 2006년 1월에 쓴 글입니다. 나는 이 때 터무니없게도(코로나 시대가 아니기 때문에) 마스크를 쓴 채 글을 읽고 있었습니다.

『공산당선언』과 『독일 이데올로기』를 쓴 마르크스가 시를 좋아했고 젊은 시절 실제로 시를 썼다는 사실은 그리 많이 알려진 사실은 아닙니다. 마르크스도 연애를 했고 여러 통의 연애편지를 여자 친구에게 보낸 일이 있습니다. 이는 정신과 의사 백상창 선생의 책 『맑스, 모택동. 김일성』(한국사회병리연구소,1989년)에 소상히 밝혀진 바 있습니다. 그러나 『공산당선언』을 읽다 보면 인간이 쓴 글 가운데 가장 이념적이랄 수 있는 이 글이 군데군데 시적 문장으로 채색되어 있다는 데 놀랍니다. 아마도 마르크스는 경제학자가 아니었으면 괴테의 후예가 되었을 지도 모른다는 생각이 듭니다.

부르주아지는 가부장제적, 목가적인 모든 관계를 모조리 파괴했다. 잡다한 봉건적인 유대를 가차 없이 산산조각 내고 무정한 현금계산 외에는 사람과 사람 사이에 아무런 유대도 남기지 않았다. 신앙의 열광, 기사의 감격, 도시인의 감상이란 열정적인 환희를 얼음같이 차가운 이해타산의 물에 빠뜨렸다. 인격의 가치를 교환가치로 해소시켜버리고 자력으로 획득한 자유를 아무 것도 꺼리지 않는 상업의 자유와 바꾸어 놓았다.

무겁고 전투적인 이 책 속에 군데군데 이 같이 상큼한 문장이 끼어있지 않았다면 독자들은 이 글을 읽기가 얼마나 힘겨웠겠습니까? 우정-, 처절한 가난 속에서 넷째 자식과 다섯째 자식이 죽어 관을 살 돈이 없었던 런던 시절의 마르크스에게 엥겔스의 돈이 뒷받침 되지 않았다면 그가 노구를 견디며 『자본론』을 쓸 수 있었을까요?

이 『공산당 선언』에 마르크스는 괴테의 '마법사의 제자' 이야기를 인용합니다. 견습 중인 마법사의 제자가 스승이 외출하고 난 뒤 귀동냥으로 익힌 주문을 외어 하인들에게 물 푸는 일을 시키는데 그만 두게 하는 주문을 몰라 집안이 온통 물 천지가 되어버렸다는 이야기입니다. 우리들이 가지고 있는 우정 또한 마법사의 제자 같은 것은 아닐까요? 나이 들기 전의 우정이란 맹목적이고 깊고 넘치며 깊이 모를 심연 같은 것이기 때문입니다. 이 시절은 우정을 위해서는 이해타산도 무시되고 잘 나고 못난 것도 무시됩니다. 그것은 마치 부르주아지가 아니라 프롤레타리아의 단합과 같이 돈이나 믿음에 있어서 갈라지지 않는 끈적끈적한 점착력을 지닙니다. 너무 가깝다는 이유로 아버지와 아들 간에도 소통할 수 없는 고통을 나눌 수 있는 곳이 우정이라고 릴케도 「젊은 시인에게 보내는 편지」에서 피력하지 않았습니까. 당신은 그런 우정을 마음속에 지니고 있습니까?

『CEO는 낙타와도 협상한다』 퇴근길 자동차 안에서 들은 재미있는 신간 도서 이름입니다. 제목이 기발하여 채널에 귀를 기울였습니다. 이야기는 이러합니다. 낙타는 키가 크고 어리석어 보이는 동물이지만 실제로는 매우 영리한 동물이라고 합니다. 주인을 등에 태우고 사막을 갈 때는 제 등에 주인의 생명이 담보되어 있음을 알기 때문에 낙타는 아주 당당하고 거만하다는 것입니다. 그땐 주인도 낙타에게 고분고분해야 목숨을 건사할 수 있다는 것입니다. 그러나 오아시스에 도착하면 거꾸로 주인이 당당해지고 낙타가 고분고분해진다는 것입니다. 낙타는 주인이 주는 먹이를 먹어야 하고 주인의 보호를 받아야 하기 때문이지요. 그때는 주인이 낙타의 버릇을 고쳐 놓으려고 회초리로 낙타를 실컷 두들겨 팬 뒤 쓰고 있던 모자를 낙타에게 던져준다고 합니다. 그러면 낙타는 주인의 모자를 맘껏 짓밟으며 주인에게 매 맞은 분풀이를 모자한테 하고는 다음 날부터는 주인이 등에 올라도 어제처럼 거만하지 않게 된다는 것입니다.

낙타가 실제로 그런 동물인지 아닌지는 나는 낙타를 타

본 일이 없기 때문에 말할 수 없습니다. 아마도 우의(寓意)로 한 이야기가 아닌가 싶습니다. 그렇다고는 해도 이 이야기는 여러 가지 암시를 담고 있습니다. 이 책은 경영학에 관한 책으로, 지은이는 경영인이 지녀야 하는 기술과 요체를 낙타와 상인에 비겨 말하고 있습니다. 다시 말하면 경영을 하는 사람은 이웃이나 휘하 직원들을 때로는 매섭게 부릴 줄 알아야 하고 때로는 부드럽게 어루만져 줄줄 알아야 한다는 것입니다. 생활인들에게는 재미있고 유익한, 경청할 만한 이야기입니다. 나는 이 이야기를 '우정과 채찍'으로 번안하여 쓰려고 합니다. 우정에는 사랑만 있는 것이 아니라 채찍도 있어야 한다는 말입니다.

몽테뉴의 수상록에는 이런 말이 나옵니다. '내가 에라스무스를 만났다면 그가 머슴이나 여인숙의 여주인에게 말한 것까지도 전부 금과옥조로 받아들였을 것이다.' 에라스무스는 『치우예찬(痴愚禮讚)』이라는 책으로 스콜라 철학과 기독교에 대한 비판적인 자세를 취한 동시대의 인문학자였기 때문에 자유분방함을 신조로 했던 몽테뉴가 그의 농담까지도 진실로 받아들일 만큼 우의(友誼)와 존경심을 함께 가졌던 모양입니다. 그런가 하면 몽테뉴는 소크라테스에 대해서는 경원하는 자세를 취합니다. 그는 말합니다.

'소크라테스의 슬기와 처형에 대하여 생각해보면 나는 그가 일흔 살이나 되어서 그의 풍부한 정신작용이 마비되고 여느 때의 명석함이 둔화된 것을 비관해 일부러 꾸며서 스스로 죽음에 뛰어든 것이 아닌가 생각한다.'

이쯤 되면, 곡해라도 엄청난 곡해이고 반역이라도 엄청난 반역입니다. 아마도 몽테뉴는 소크라테스의 명성과 이성적 교육에 대해 그의 천의무봉한 사상에 일종의 거부감을 가졌던 듯합니다.

그러나 나이 들고 세상을 알게 되면 우정의 색깔도 조금씩 변합니다. 우정은 관념이 되고 정서적으로는 서로 존경하기도 하며 서로 적의를 느끼기도 합니다. 이때가 되면 우정은 달콤하면서도 매정함을 함께 갖습니다. 그것은 상대방을 흠모하면서도 질시합니다. 그런 때는 우정에서 비애를 느끼게 되지요. 정지용과 임화는 동시대인이면서도 서로 간 교유가 있었다는 흔적이 없습니다. 그러나 나는 임화가 정지용의 시를 좋아했으리라 믿습니다. 너무도 잘 알려진 시 「유리창」.

유리에 차고 슬픈 것이 어른거린다

열없이 붙어 서서 입김을 흐리우니

길들은 양 언 날개를 파닥거린다

지우고 보고 지우고 보아도

새까만 밤이 밀려나가고 밀려와 부딪히고

물 먹은 별이, 반짝 보석처럼 박힌다

밤에 홀로 유리를 닦는 것은

외로운 황홀한 심사이어니

고운 폐혈관이 찢어진 채로

아아 너는 산새처럼 날아갔구나

정지용 「유리창」 전문

이 시는 두루 아는 대로 시인이 29살 때 아이(자식)를 잃고 쓴 시입니다. 유리창 밖의 어둠은 자식을 잃은 시인의 괴로운 마음에 대응됩니다. 그는 유리창에서 쉽게 사라지는 입김 자국을 보면서 가냘픈 새의 모습을 연상합니다. 이때 새의 형상은 잃어버린 아이의 비유적 형상입니다. 그런데, 이 시에 대해 동시대 시인인 임화는 이렇게 쏘아붙입니다.

하나의 어린 자식의 죽음을 만 사람의 동포의 죽음과 불

행보다도 아프게 느끼는 영혼과 감성에 대하여 나는 금할
수 없는 적의를 느낀다.

　이념으로 문학을 바라보았던 임화로서는 당연한 말입니
다. 그러나 그런 말을 한 임화의 뒷모습을 보면 씁쓸해집니
다. 왜냐하면 그도 월북 후 6·25전쟁이 터진 뒤 서울에 와
서 어린 딸을 찾으며 다음과 같은 시를 쓰기 때문입니다.

　아직도 이마를 가려
　귀밑머리를 땋기
　수집어 얼굴을 붉히던
　너는 지금 이
　바람 찬 눈보라 속에

　무엇을 생각하며
　어느 곳에 있느냐

　머리가 절반 흰
　아버지를 생각하여
　바람 부는 산정에 있느냐
　가슴이 종잇장처럼 얇아

항상 마음 아프던
엄마를 생각하여
해 저문 들길에 서 있느냐

그렇지 않으면
아침마다 손길 잡고 문을 나서던
너의 어린 동생과
모란꽃 향그럽던
우리 고향집과
이야기 소리 귀에 쟁쟁한
그리운 동무들을 생각하여
어느 먼 하늘을 바라보고 있느냐

사랑하는 나의 아이야
벌써 무성하던 나뭇잎은 떨어져
매운 바람은
아픈 가지에 울고
낯익은 길들은
모두 눈 속에 묻혀
귀 기울이면 어데선가

들려오는 얼음장 터지는 소리

아버지는 지금

물소리 맑던 낙동강 가에서

악독한 원쑤들의 손으로

불타고 허무러진

숱한 마을과 도시를 지나

우리들이 사랑하던/서울과 평양을 거쳐

절벽으로 첩첩한 산과

천리 장강이 여울마다 우는

자강도 깊은 산골에 와서

어디메 있는가 모를

너를 생각하여

이 노래를 부른다

사랑하는 아이야

임화 「너 어디 있느냐」 (1950. 12.) 전문

아이의 죽음을 만 사람의 동포의 죽음보다도 아프게 느
끼는 정지용에 대해 적의를 느낀다던 임화, 그는 왜 이념이
일으킨 전쟁 통에서도 서울에 와서 이념을 노래하지 않고

바람 찬 눈보라 속에 헤매일 딸을 생각했고 자강도까지 가서 이처럼 간곡한 시를 쓰고 있는가? 그것은 그가 이데올로기에 점염된 시인이면서도 내면으로는 애정과 눈물을 지닌 한 아버지였기 때문입니다. 그랬을 때 어느 모습이 임화의 참 모습입니까? 나는 아무래도 이 시에 나타난 창백한 아버지의 모습이 임화의 본연의 모습이라고 생각합니다. 이념이란 늘 한 꺼풀 무장한 겉옷 같은 것, 그것을 벗어던졌을 때 나타나는 속 모습이 인간의 참모습이라고 나는 생각합니다. 임화가 좋아하고 존경했던 시인이 이상화였다는 사실은 두루 알려진 사실이지만 또한 임화가 정지용의 감각이나 수사의 맵시를 좋아했기에 지용의 「유리창」에 대해 이 같이 반사적인 화살을 날렸던 것이 아닐까 싶습니다.

나는 해인사에서 가야산 줄기인 매화산을 넘으면 만날 수 있는 서부 경남이 고향입니다. 내가 태어나 자란 석강리는 사방이 산으로 둘러싸인 두메산골입니다. 내가 석강국민학교(초등학교)를 다녔을 때 내 단짝 가운데는 병수라는 아이와 삼근이라는 아이가 있었습니다. 삼근이는 그림을 잘 그렸고 병수는 달리기를 잘 했습니다. 나는 학교만 가면 그 아이들과 어울려 놀았는데 우리는 쉬는 시간이면 가끔 씨름을 하기도 했습니다. 병수는 나보다 씨름을 잘 해서 언제나 나를 이겼습니다. 그날은 큰 아이들이 부추겨서 병수와 내키지 않은 씨름을 했습니다. 나는 그날 씨름에서 병수에게 2번을 졌습니다. 그런데 웬일인지 2번이나 이긴 병수는 나를 보며 그만 앙앙 울음을 터뜨렸습니다. 아마도 너무 여러 번 나를 넘어뜨린 것이 미안했던가 봐요.

병수네 집은 너무도 가난했습니다. 그는 4학년이 되어서 오후 수업을 할 때도 도시락을 싸오지 못했습니다. 가끔 나는 내가 가져간 도시락을 병수와 나누어 먹기도 했는데 그때마다 병수는 2학년 때 나를 잡아 뉘인 일을 후회하는 듯했습니다. 국민학교를 졸업하고 나는 면소재지에 있는 중학교엘 다녔는데 병수는 중학 진학을 하지 못했습니다. 그런데 하루는, 내가 학교 수업을 마치고 집으로 돌아갔을 때 병수가 우리 집에 와서 밥을 먹고 있는 것이 아닙니까. 너무도 놀라워서 나는 어머니에게 사연을 물었습니다. 그랬더니 어머니가 '오늘부터 병수가 우리 집에 머슴으로 들어왔다'는 것이었습니다. 나는 저녁을 먹지 않고 삽짝 밖으로 나와 대추나무 아래서 눈물을 닦았습니다. 아무리 가난해도 병수가 우리 집 머슴이 되어서는 안 된다. 나는 스텐다드 영어책을 배우는데 병수가 우리 집에서 꼴을 뜯고 밭이나 매는 머슴이 될 수는 없다. 나는 그 말을 수십 번이나 되뇌었습니다. 한 이태를 그렇게 살던 병수는 우리 집을 떠난 뒤 얼마 되지 않아 병으로 죽었다는 소식을 들었습니다. 그 정직하고 조그맣던 삼베 잠방이 아이. 병수!

오학년 때의 일입니다. 삼근이와 나는 각각 그림을 그려 교육청에 내게 되었습니다. 삼근이는 마당가에서 모이를 쪼는 암탉을 그리고 나는 저고리를 입은 남자 아이의 얼굴을 그렸습니다. 말하자면 삼근이는 풍경화를 그렸고 나는 인물화를 그렸는데 삼근이는 입상을 했고 나는 낙방했습니다. 삼근이는 상으로 두툼한 공책과 색연필을 받았습니다. 나는 그때 삼근이를 몹시 부러워했습니다. 삼근이는 그 뒤 대구로 나와 권투를 배웠고 대구의 권투클럽에서 선수 생활을 한다는 말을 들었습니다. 그러나 그 뒤의 소식이 없는 것으로 보아 큰 선수가 되지는 못했던 것 같습니다.

그런 일들을 생각하면서 나는 「초등학교의 황혼」이라는 시를 썼습니다.

그 키 큰 느티나무가 왜 이렇게 작아졌을까
발돋움하여도 발돋움하여도 손 닿지 않던 수양버드나무 가
지에 하루해가 걸려
놀로 지는 지붕이 아름답던 그때

숨차게 달려도 먼 산처럼 닿을 수 없었던 운동장

그 끝에 서 있던 백양나무는 둥치만 남고

우리가 공기놀이를 하던 플라타너스 밑에 우뚝 서있던 그

바위는 삭아 흙이 된 지금 황혼녘의 지붕은 담요처럼 포근

하고

잔광에 반짝이는 기왓장들만 숨 쉬는 목숨이 되어

이 적막과 저 적막을 불러와 산 뒤에 앉힌다

누구의 소년이든 한번은 이 황혼에 발 묻었을 것이다

누구든 한 번은 이 황혼이 제 추억의 이불이던 때가 있었을

것이다

수천의 잎새 뒤로 저녁별이 돋을 때

제 가슴의 슬픔을 세수시키고 누구든 그 반짝이는 기쁨 속

으로

달려간 적이 있었을 것이다. (후략)

『시로 여는 세상』(2006년 여름호)

파르나시앙의 저녁 산책

전쟁에 대하여

「테레타이프」가 요란스러운 공간속에

6·25는 또 다시 왔다

힘없는 겨레의 외침은 날로 폭발하여도

휴전은 전파를 타고 아직도 국토 위에 빗발친다

오 삼천만 겨레여!

또 다시 몸서리치는 6·25를 가슴에 안고 쓰러지자

그리고 분실된 국토를 향하여 탄환처럼 달리자.

김경린 「탄환처럼」(연합신문, 1953년 6월)

영화 「웰컴 투 동막골」은 전쟁영화입니다. 나는 이 영화를 오래 전 가을, 청도 군민회관 강당에서 보았습니다. 강당은 3백석, 청중은 마흔 사람, 광목필로 임시 설치한 스크린은 바깥바람에도 자주 펄럭이는 영상이었습니다, 관객이 띄엄띄엄 보이는 객석, 가끔 엄마를 따라온 어린 아이의 울음소리가 대사를 흔들어 놓는 것도 시골의 시사회에서만 보는 영화의 또 다른 맛. 영화가 시작되자 찢어질 듯한 폭격의 굉음이 강당을 흔들었습니다. 강원도 동막골이라는 산골마을이 배경인 이 영화는 좌우의 이념을 초월한 인간의 사랑과 전쟁의 무모함, 거기서 싹트는 휴머니즘을 부각시키는 내용이었습니다.

'뱀이 깨물면 마이 아파?'

'우리 마을에 미친년이 너 말고 여러 개 있나?'

등 강원도 사투리의 맛과 재미 말고도 모처럼 만나는 심심산골 사람들의 훈훈한 인정과 문명의 혜택이라고는 조금도 누리지 못하고 사는 사람들의 풋순 같은 삶을 영화화함으로써 그 당시의 한국 영화 가운데 비교적 높은 시청률을 기록했다는 소문이었습니다. 그러나 좀 더 비평적 안목으로 본다면 이 영화는 예술적인 감동이나 문학적인 향기보다는 우화적인 분위기와 멜로물에 가까운 동화 같은 내용이었습니다. 그렇다고 이 영화의 매력이 전혀 없는 것은 아닙니다. 그것은 머리에 하얀 들국화를 꽂은 겁 없는 산골처녀, 총을 두려워하지도 않고 산속 바위틈을 이리저리 좋아라 뛰어다니는 춤추는 시골 처녀의 티 없는 얼굴이 때 묻지 않은 청순한 분위기를 자아내는 데 있습니다. 처녀는 전쟁이 무엇인지, 왜 인민군과 국방군이 싸워야 하는지 따위는 알지 못합니다. 이 산골에 어찌하여 미군이 왔는지 왜 전투기가 하늘에서 떨어졌는지를 이 산골처녀는 알려고도 않습니다. 아니 추락한 비행기의 동체가 비행기인 줄을 모르고 날아다니는 짐승이라 생각하기까지 합니다. 처녀에겐 그저 초대하지 않은 손님들이 한꺼번에 동막골에 온 것만이 즐겁고 기쁩니다. 마지막 포탄의 파편에 맞아 풀밭에서 풀꽃같이 죽는 검은 치마 흰 저고리의 시골 처녀의 이미지는 이미 슬픔을 넘어서 설화의 주인공이 되고 있습니다.

죽지만 않으면 전쟁은 유쾌한 연극이고 광대한 서사시, 미증유의 로맨티시즘입니다. 그러므로 인간이 그린 서사 가운데 단연 1위를 차지하는 주제가 전쟁 그리고 사랑 아닙니까.

톨스토이의 소설 「전쟁과 평화」에 나오는 로스토프집안의 어머니와 딸의 대화 한 토막. 나폴레옹 군대가 모스크바를 점령한 겨울, 피난 마차에 가재도구를 실으며 어서 마차에 오르라고, 어서 피난을 가야한다고 딸에게 재촉하는 어머니, 그러나 아직도 마차에 오르지 않고 인형과 오리를 실어야 한다고 투정하는 딸. 어머니는 딸을 보고 날카로운 소리로 말합니다. '안돼, 지금은 전쟁이야 전쟁.'

그렇습니다. 전쟁에서 살아남으려면 어서 피난을 가야하고 피난 가서 먹고 자고 입을 옷과 솥과 가재도구만이 절대적으로 필요한 물건입니다. 적어도 어른들에게는 그렇습니다. 그러나 전쟁의 비정함을 모르는 어린 딸은 가재도구가 필요한 것이 아니라 평소에 가지고 놀던 인형과 친구처럼 아끼던 닭과 집오리가 더 중요합니다. 어른과 아이에게 전쟁의 모습은 이렇게 다릅니다. 어른에겐 전쟁은 잔인함의 대명사고 삶을 피폐하게 만드는 주범입니다. 그러나 전쟁의 황폐함을 모르는 아이에겐 전쟁은 다만 만화에서 보는 놀이 정도로 보일 수도 있습니다.

인류의 역사는 전쟁이 그려놓은 거대한 벽화입니다. 거기엔 사랑이 있고 이별이 있고 싸움이 있고 패배가 있습니다. 죽음이 있고 눈물이 있는가 하면 승리가 있고 환희가 있습니다. 그러기에 영국의 철학사 허브트 스펜서는 '전쟁은 인류의 진보와 발전에 공헌한다'는 역설을 내놓기까지 하지 않았습니까.

나는 그 많은 전쟁 가운데 오직 하나, 6·25 전쟁을 겪었습니다. 6·25 전쟁은 내 소년의 기억 속에 많은 것을 심어준 추억의 흑백사진입니다. 1950년 6월 25일 새벽 5시, 북한 인민군이 보병 20만과 전차포대를 이끌고 남한을 침공한 6·25. 내 기억의 흑백사진 속에 투영되어 있는 그들의 실루엣은 먹구름 같고 파도 같고 소낙비 같고 홍수 같습니다. 기록에 의하면 1953년 7월 27일 휴전협정이 체결될 때까지 전쟁에서 희생된 사람은 남한에서만도 50만을 넘는다고 합니다. 인류 역사상 가장 짧은 시간에 가장 많은 희생자를 낸 전쟁이 한국전쟁이라 합니다. 전쟁이 일어난 그 해 나는 여덟 살, 초등학교 2학년이었습니다. 학교 길에서는 자주 넘어지고 얼음장 위에서 미끄럼을 타다 머리를 다치기도 한 키 작은 소년이었습니다. 동요 「고향의 봄」을 좋아하고 5학년이 되면서부터는 「메기의 추억」을 즐겨 부르는 학동, 선생님이 시키는 대로 국군장병 아저씨에게 위문편지를 잘 쓰고 학예회에서 동시를 잘 외웠던 차단지 아이였습니다. 나는 가끔 「고향의 봄」의 '복숭아꽃 살구꽃 아기 진달래'를 소리 내어 부르면서 '아기 진달래'라는 말에 반했고, '옛날의 금잔디 동산에 메기 같이 앉아서 놀던 곳'이라 부르면서도 지은이는 어찌해서 '메기같이 앉아서 놀던 곳'이라고 했을까를 곰곰이 생각하는 소년이었습니다. 나에게는 '메기'는 냇가의 풀숲에 사는 민물고기로만 인식되어 있었기 때문입니다. 그 메기가 서양 아이의 이름인 줄을 안 것은 중학생이 된 뒤였습니다.

얼음장 밑으로 흐르는 물소리가 또랑또랑 퉁소 소리를 내고 일찍 움을 밀어낸 버들강아지가 아이의 귓불 같은 보송보송한 솜털을 밀어 올릴 때가 나는 좋았습니다. 한겨울 동안 여물을 먹으면서 말없이 겨울을 견디어 낸 소, 봄빛이 마구간에 들면 큰 눈을 끔벅거리면서도 짐짓 점잖은 채 하품을 하거나 먹은 여물을 되새김하면서 내 조그만 손에 이끌려 오랜 겨울 시름을 툭툭 털어버리고 마구간을 빠져나오는 소의 발자국소리가 나는 좋았습니다. 그 소가 겨울이 와서 다시 마구간으로 들어가기 전까지의 나의 단짝 친구였습니다. 오전은 학교 공부, 오후는 소먹이는 일과가 나의 하루였습니다.

그러던 소년에게 6·25는 폭풍처럼 몰려왔습니다. 한 달쯤 뒤 남루한 군복을 입은 장병들이 우리 마을까지 들이닥쳤습니다. 그들이 인민군이라는 걸 그땐 몰랐습니다. 배가 고파 보였고 말씨가 달랐습니다. 그들은 모두 합쳐 12사람, 그 가운데는 나이 어린 한 소년병이 있었습니다. 소년병은 소련제 장총을 어깨에 메면 장총 개머리판이 땅에 닿는 어린 병사였습니다. 그의 나이는 열여섯, 아마도 중학생이 아닌가 싶었습니다. 어머니가 그에게 밥을 주면 그는 그 밥을 급히 먹었습니다. 어머니가 소년병에게 성이 뭐냐고 묻자 소년병은 박가라고 했습니다. 어디 박가냐고 묻자 밀양 박가라고 했습니다. 어머니도 밀양 박씨, 어머니는 소년병을 몹시 애처롭게 생각하는 듯했습니다.

인민군대는 아마도 우리 마을뿐 아니라 다른 마을에도 수삼중대가 들어왔던 모양으로 하룻밤 사이에 면 소재지에 있는 경찰지서(支署)가 그들의 손으로 넘어갔습니다. 지서를 빼앗겼다는 말을 들은 그날 밤, 나는 형들을 따라 뒷동산에 올라가 미군 전투기가 퍼붓는 야간 폭격과 지서를 빼앗기지 않으려는 인민군 사이의 격렬한 전투를 구경했습니다. 밤이 어두워서 미군 정찰기가 폭탄 투하 지점을 확인하기 위해 공중에서 소이탄을 터뜨리면 순식간에 산과 들이 대낮처럼 밝아지는 광경을 나는 만화경처럼 보았습니다. 그러고 나면 곧 이어 B29 비행대가 지서가 있는 상공에 타조알 만한 큰 폭탄을 쏟아놓는 것도 보았습니다. 그 광경은 산골 물소리와 매미소리밖에 모르는 소년에게는 전쟁의 광포함으로서가 아니라 한 장의 장엄한 영화 장면으로 다가

왔습니다. 비행기가 퍼붓는 화염을 보며 다박솔 아래서 잠으로 빠져들었던 내 여덟 살의 여름밤이었습니다.

9·28. 맥아더. 인천……. 형들은 맥아더 장군을 맥카드 원수라고 불렀습니다. 장군보다 더 높은 계급이 원수라고 형들이 가르쳐 주기도 했지요. 맥아더 원수가 인천상륙작전에 성공했다는 소문도 형들에게서 들었습니다. 서울이 수복되었다고도 했습니다. 인민군대는 전쟁물자와 식량 보급로가 끊겼다고 했습니다. 9월 29일 밤, 하늘에서 폭격기가 요란한 굉음을 내면서 날고 미군 전투기의 기총소사가 문제산 기슭에 콩 볶듯 했을 때 우리 재실(齋室)에 있던 인민군들은 번개같이 뒷산 대밭 숲으로 숨는 것을 나는 보았습니다. 그러나 그들은 이튿날도 그 이튿날도 재실에 모습을 나타내지 않았습니다.

아, 소년병, 그 어린 소년병은 어찌 되었을까? 어른 병사들을 따라가다 지쳐 쓰러지지는 않았을까? 작고 연약한 그 소년병이 갔다면 어디까지 갈 수 있었을까? 그 어린 병사는 과연 살아서 제 어머니 곁으로 돌아갔을까? 그것도 아니면 무수한 기총소사에, 무수한 폭격에 희생되고 말았을까?

세월이 흐르면 아픔도 명약이 됩니다. 세월이 반세기가

지난 오늘, 6·25 전쟁을 겪지 않은 세대들에겐 한국전쟁이 하나의 설화쯤으로 여겨질 지도 모르겠습니다. 그래서 나는 그때의 추억으로 시 한 편을 썼습니다.

나는 을유 해방 두 해 전에 태어나
산골 물소리 속에서 소년을 보냈다
풀 뜯는 소의 잔등에 내리는 저녁햇빛을 보며
우리나라 이름이 대한민국임을, 대한민국은 민주공화국임
을 알았다
초등학교 이학년 때 전란이 터졌고
아버지의 지게에 얹혀 문제산 골짜기 흙굴 속에서 폭격을
피하며
주먹밥을 먹고 구구단을 외웠다
아버지가 지은 원모제에 인민군 한 소대가 와서 진을 치고
어머니가 키운 씨암탉을 맘대로 잡아먹는 걸 보고
맨발에 검정 고무신 신은 내가 울면서
군복 입은 그들에게 앙탈하기도 했다
탄약을 져 나르라고 아버지의 가슴에 총부리를 겨누는 인민
군을 보았다
내일 모래면 대한민국은 적화된다는

대구와 부산이 함락되면 한국은 인민공화국이 된다는 말을

꿈같이 들었다

B29 비행기가 날고 소이탄이 터지는 걸 만화처럼 보면서

동산 솔숲 아래서 이슬 맞으며 잠들기도 했다. 「6.25의 추

억」 (부분)(미발표)

「시로 여는 세상」 2006년 봄호

파르나시앙의 저녁 산책

연애에 대하여

아이쓰크와 소녀의 추억은

내 최후의 포물선을 그리고……

오오

산데리아 밑에서 바라보는 태양은 우리들의 리리크!

도옴의 하늘에 박수처럼 흩어지는 무수한 부고여!

강아지를 몰고

나는 오후의 산보로에 선다 (1951. 8. 15)

〈후반기〉 동인의 합작시 「불모의 에레지이」 후반부

나는 지금 월드컵 축구, 한국과 토고전이 벌어지고 있

는 2006년 6월 13일 저녁 무렵에 이 글을 쓰고 있습니다. TV를 켜면 온통 붉은 악마의 응원 물결입니다. 서울의 광화문과 시청 앞 광장에서, 대구의 두류공원과 범어 네거리에서, 광주의 전남대 후문과 월드컵 경기장에서 붉은 물결이 노도처럼 일렁이는 저녁입니다. 나는 그 붉은 악마의 물결 속으로 휩쓸려가지 않고 동그마니 혼자 남아 이 글을 씁니다.

　연애에 대하여-, 지금 저 열광하는 붉은 악마들은 축구와 연애하고 있는 것이지만, 나는 그런 연애보다 이성간의 연애를 이야기하려고 합니다. 그리워하고 사랑하는 것은 본래 이성간의 감정이니까요.

　16세기 그리스의 화가 틴토레토(1518~1594)의 그림 「은하의 발견」은 우리를 갖가지 생각에 잠기게 합니다. 죽음의 신으로 사령(死靈)을 명부에 인도하는 역할을 맡은 신 헤르메스가 제우스의 아들 헤라클레스를 빼앗아가려 할 때 헤라는 엄마 헬라의 젖을 빨며 헤르메스에게 가지 않으려 안간힘을 씁니다. 그때 헬라의 젖속시에시는 분수처럼 뿜어져 나온 젖이 금색으로 변하고, 금색 젖선이 원을 그리며 무지개처럼 하늘로 분출합니다. 이 금색 젖선이 은하를 발생시킵니다. 이 그림을 보면, 침실에서 반 나신으로 풍만한 가슴을 드러내고 있는 헬라의 두 젖가슴과 벗은 무릎 사이의 음모가 선정적이지만 그것이 선정을 넘어 신비한 황홀로 전해지는 것을 그림을 보는 사람은 감지할 수 있습니다. 은하의 부우연 빛과 여자의 분출하는 젖이 상응하면서 내는 회화의 비의를 그림 앞에 선 사람은 누구나 맛볼 수 있습니다. 그렇다면 은하는 여자의 젖이 하늘에 뿌려놓은 강물 아니겠습니까?

　은하, 우리의 전설은 그리스 신화와는 다른 면에서 이야기되고 있습니다. 견우와 직녀의 이야기가 그것입니다. 다만 두 나라의 차이는, 그리스는 여자의 젖선에서 뿜어져 나오는 빛이 은하를 발생시켰다는 것이고 우리는 사랑하는 남녀가 비운에 헤어져 은하 강가에서 한 해에 한 번 애절한 만남을 갖는다는 것이 차이라면 차이입니다. 그러나 두 이야기 모두 사랑에서 발원한 비극적 이야기임에는 다름이 없습니다. 사랑은 연애와는 다르지만 그것에 성이 개재하면 연애가 됩니다. 그리고 사랑과 연애는 모든 예술의 모태가 됩니다. 그림에서도 음악에서도 시에서도 소설에서도 가장 많이 다루어진 주제는 사랑과 연애 아닙니까.

사랑에 빠지면 걸작을 낳는다고 합니다. 파리 출생의 프랑스 작가 미셸 투르니에가 한 말입니다. 그의 말을 들어보면, 프리드리히 니체는 1882년에 루 안드레아스 살로메를 처음 만납니다. 러시아 출신인 젊은 여성 루는 그 후 시인 라이너마리아 릴케와 정신분석학자 지그문트 프로이트와도 사랑을 나눕니다. 이 삼각관계를 두고 세인들은 말합니다. '위대한 지성인이 사랑에 빠지면 9개월 뒤엔 어김없이 걸작을 낳는다'고. 이토록 사랑의 힘은 위대한 것일까요? 니체와 차라투스트라, 릴케의 두이노의 비가, 프로이트의 꿈의 분석은 그래서 나왔을까요? 조각가 로댕과 까미유 끌로델, 초현실주의 화가 살바도르 달리와 갈라 달리, 비틀스의 존 레넌과 오노 요코…. 그러나 우리는 그것이 부정되어야 할 아무런 논리적 근거도 갖지 못합니다. 그리고 예술과 시를 사랑하는 사람이라면 그런 사실을 굳이 부정할 이유를 찾으려 하지도 않습니다.

우리 세대는 읽을거리라고는 없는 불모지에서 문학 수업을 해 온 세대입니다. 매일 저녁때면 저녁연기 깔리는 낮은 하늘 아래 극장가의 영화 프로를 알리는 확성기 소리만 울리는 소읍에서 기껏 구해 볼 수 있는 책이라고는 홍명희의 『임꺽정』이나 박종화의 『삼국지』『다정불심』 정도였고

그것도 구하기 어려울 땐 정비석의『산유화』나 박계주의
『순애보』김래성의『청춘극장』을 헌 책방에 가서 빌려 읽
던 때였습니다. 박계향의『머무르고 싶었던 순간들』일본
작가 고미가와준페이(五味川純平)의『인간의 조건』을 읽으
며 그 비극적 사랑을 맹독처럼 빨아먹던 때의 향훈은 지금
도 기억에 선명합니다. 이 시기 어렵사리 구해 읽은 카뮈의
『이방인』스탕달의『직과 흑』은 그나마 가뭄 속의 단비였
습니다. 우리의 십대는 대체로 그런 토양에서 성장한 엉겅
퀴이거나 억새풀이었습니다.

아마도 정비석이나 김래성 혹은 최인욱의『벌레 먹은 장
미』따위의 소설은 6.25를 지나는 궁핍한 시대의 작가의
생존 방식이었을 터이지만 그것마저 독서에 목마른 세대
들에게는 청량음료 같이 달고 시원한 것이었음을 지금 와
서 고백하는 것은 그다지 욕된 일도 부끄러운 일도 아닙니
다. 그리고 그런 소설들이 세칭 3류 소설이고 통속소설이
지만 그것이 한 시대의 그늘진 역사와 배경에서 태어난 작
품이고 보면 지금 우리가 호사롭게 그 작품의 질을 논하기
만 할 수는 없습니다. 왜냐하면 그 소설들은 작가에게는 먹
고 사는 생계의 방편이었고 독자에게는 36년간 빼앗겼던
우리말을 마음 놓고 쓰고 읽고 구사하고 즐길 수 있었던

유일한 통로였기 때문입니다. 책이 팔려야 작가는 먹고 살수 있다는 이 거역할 수 없는 숙명을 이 소설들은 지니고 출발한 것입니다.

그러나 사랑과 연애를 담은 소설이라고 모두 잘 팔리는 것은 아니었던 것 같습니다. 앙리 베일이 1822년에 출간한『연애론』은 출간 11년 뒤까지 불과 17부밖에 팔리지 않았다고 합니다. 17부가 판매된 연애소설, 과연 그 소설을 사 간 17사람은 누구일까요? 아마도 앙리의 사촌 누이나 앙리의 애인, 아니면 연애가 무엇인가에 고민하는 사춘기 청년 정도가 아니었을까요? 소설사상 가장 적게 팔린 연애소설, 적게 팔림으로써 희귀한 사례로 기록된 이 소설에 대하여 스기야마 히데끼는 이렇게 적고 있습니다.

'연애를 수학적으로 설명한 이 책이 그 순수성과 외견상의 기피 때문에 일반 사람들로부터 불가해한 것으로 간주된 것은 이유가 없는 것도 아니다. 이 책은 앙리가 1826년에 서문을 썼고 1842년에 마지막 서문을 썼으니 이 서문을 쓴 8일 후에 앙리가 죽은 셈이다. 그렇다면 앙리 베일은 이 책을 쓰는데 전 생애를 바쳤다고 해도 될 것이다'

앙리는 이 책의 마지막 서문에서 이런 말을 하고 있다.

'내가 원고를 보낸 출판사에서는 이를 나쁜 종이를 사용하여 기묘한 판형으로 출판하였다. 이 때문에 1개월 후에 출판사에 『연애론』의 평판이 어떠냐고 물어보니, 그것은 신선한 책이라고나 할까요? 아무도 집어 들거나 펴 보려고 하지 않아요, 라고 대답하였다'

그리고 스기야마는 이렇게 덧붙인다.

'그러므로 이 책은 100년 후에나 독자를 만나리라고 생각한 앙리의 심리를 이해할 수 있다'

앙리 베일은 『적과 흑』을 쓴 스탕달의 본명이다. 아마도 앙리는 『연애론』을 너무 이론적으로 혹은 현학적으로 쓴 듯하다. 앙리의 『연애론』이 그렇게 이론적이고 현학적이었다면 차라리 그것을 읽는 것보다 크세노폰의 『메모러블스』를 읽는 것이 나았을 지도 모른다.

나는 스물의 중반에 이시하라 신타로(石原慎太郞)의 『태양의 계절』을 읽었고, 최근에는 무라카미 하루키의 『노르웨이의 숲』을 읽었습니다. 『태양의 계절』은 이시하라가 이 소설로 아쿠다카와 상을 받았을 때 일본의 젊은이들로부터 '천황보다 신쨩(이시하라의 애칭)을 존경한다'는 유행어를 남발시키기까지 한 소설이고 연대의 차이는 있지만 『노르웨이의 숲』도 세계 여러 나라 말로 번역되고 광범위한 독자를 가진 소설입니다. 그러나 이 두 소설에 대한 나의 느낌은 다릅니다. 전자는 내 이십대의 감각을 사로잡은 충격적인 소설이지만 후자는 질 낮은 최음소설이라는 느낌입니다. 후자는 일본의 대학 기숙사에서 일어나는 젊은 남녀의 선정적인 사랑 이야기입니다. 이 소설이 어째서 베스트셀러가 되었을까요? 소설을 읽어나가다 보면, 이야기가 지루해질 때마다 작가는 남녀 간의 섹스 이야기를 끼워 넣습니다. 아마도 독자의 눈을 행간에 묶어두려는 의도겠지요. 그러나 그것이 상투적인 기법임을 알게 되면 곧 이 소설이 불유쾌한 통속소설임을 알게 되고 그러고 나면 왜 이 시간에 내가 이 소설을 읽고 있어야 하느냐는 의문까지 생깁니다.

'와타나베, 이곳에 있는 남자들이 모두 마스터베이션을 하고 있는 거예요?' 하고 미도리는 기숙사 건물을 올려다보면서 뚱딴지같은 말을 했다. '아마 그렇겠지' '남자는 여자 생각을 하면서 그걸 하는 거예요?' '그럴 거야' 하고 나는 대답했다. '주식 시세나 동사의 활용이나 수에즈 운하 따위를 생각하면서 마스터베이션을 하는 남자는 없겠지. 대부분 여자 생각을 하면서 하지 않을까……' 미도리가 묻는다. '와타나베, 혹시 나를 생각하면서 한 적 있어요?'

이런 이야기가 군데군데 끼어있지 않았다면 이 소설이 과연 베스트셀러가 되었을까요? 아무래도 나는 부정적입니다. 거기에 비하면 전혀 현실성도 없고 전후 이야기가 논리상 아무런 맥락도 닿지 않는 판타지 소설이 차라리 신선하고 재미있다고 말해도 좋지 않을까요?.

사랑과 연애가 없는 소설이 베스트셀러가 될 수 있을까요? 아마 없을 것입니다. 그런데 사랑과 연애가 없는 소설이 베스트셀러가 된 사례가 있습니다. 『헤리포터』 시리즈입니다. 전 세계 62개 국어로 번역되고 통산 2억 5천만 권이 팔렸다는 『헤리포터』, 평범하고 가난한 주부 조엔 롤링에게 작위까지 부여하고 21세기의 가장 위대한 작가라는 영예까지 안겨 준 이 대작의 연애나 섹스 이야기가 없습니다. 소년 소녀들이 주인공이니까 섹스 이야기가 있을 수 없다는 말도 틀리지는 않지만 소년 소녀 이야기에도 연애 이야기는 있을 수 있습니다. 그런데도 해리포터에는 그런 이야기가 없습니다. 사랑과 연애 이야기 대신 컴퓨터 게임과 판타지가 그것을 대신하고 있습니다. 사랑 대신 마술이 대치된 것이지요. 해리포터는 아이들만 읽는 소설입니까? 성인들에게도 해리포터가 재미있느냐고 물어본 적이 있습니다. 대답은 반반이었습니다. 그러니까 이이들만 아니라 어른들의 반수가 해리포터를 재미있게 읽는다는 것입니다.
이젠 인간은 사랑과 연애 없이도 즐겁게 살아갈 수 있는
시대가 아닌가 싶습니다.

『시로 여는 세상』(2006년 가을호)

파르나시앙의 저녁 산책

돈에 대하여

내게는 아버지도 어머니도 누이도 아우도 없다

친구는?

그대는 지금껏 내가 그 뜻도 모르는 말을 하고 있다

조국은?

내 조국이 어느 위도 아래 있는지조차 모른다

미인은?

불멸의 여신이라면 기꺼이 사랑하겠다

황금은?

대가 신을 증오하듯 난 그것을 증오한다

보들레르 「이방인」 부분

돈에 대한 두 토막의 이야기입니다.

올 해 17살 먹은 대니엘 래드클리프가 2006년의 세계 부호 명단에 올랐습니다. 이제 고등학교 2학년쯤일 청소년이 그간 4편의 『해리포터』 시리즈에 출연해 영국 돈 1,400만 파운드, 우리 돈으로 250억 원을 벌었다고 합니다. 일약 세계의 가장 어린 부자가 된 것이지요.

그가 돈을 알았더라면 그는 돈을 벌지 못했을 것입니다. 그는 해리포터 시리즈에서 청순하고 무용한, 동정심 많은 소년으로 등장합니다. 검은 뿔테 안경을 끼고 항상 친절하게 웃는 얼굴로 그러나 모험의 세계를 아슬아슬한 곡예를 거치며 건너가 승자로 남는 모습은 그것을 책으로 읽거나 영화로 보는 이들에게 풍부한 재미와 설명할 수 없는 쾌감에 빠져들게 합니다.

문 사장은 술과 담배는 입에 대지도 않는다. 두 딸은 고등학교를 마칠 때까지 동네 언니들의 옷과 신발을 물려받게 했다. 최근까지 네 식구가 34평형인 복도 형 아파트에 살았다. 노조간부들이 찾아왔을 때 앉을 자리가 없어 거실에 놓인 가구를 치우느라 한 바탕 소동을 벌인 적도 있다. 그래서 그런지 그는 요즘 심심찮게 여당의 대선주자 후보군의 이름에 오르내린다. 유한 킴벌리 문국현 사장에 대한 기사다.

『동아일보』2006년 12월 26일자

돈은 상징입니다. 지폐든 동전이든 그것은 한갓 상징으로 존재합니다. 그러고 보면 인간은 상징에 믿음을 둔 원초적 동물이라 할 수 있습니다. 소나 말이, 여우나 코끼리가 돈을 믿습니까? 돈이라는 상징을 믿는 존재는 사람밖에 없습니다. 10원짜리 동전 하나를 만드는 데는 그것보다 열 배의 돈이 든다고 하지만, 만 원짜리 지폐 한 장이 과연 무엇으로 만 원의 위력을 발휘할 것인가? 그것은 인간의 믿음, 상징에 대한 무조건적인 신뢰 때문에 생기는 신성불가침의 믿음 때문입니다. 쌀과 밀로, 소금과 설탕으로, 베와 가축으로, 물과 석유로 생필품을 바꿔 오던 때의 불편을 돈이라는 이 작고 가벼운 상징물이 믿음을 대신하게 된 것이지요. 인간에게는 어떤 일이건 한 번 믿으면 그 믿음에서 해방되지 못하는 습성이 있습니다. 한 번 노예생활에 길들면 설령 노예에서 해방된다 해도 그 불안감을 이기지 못해 다시 노예생활을 그리워한다는 것은 에리히 프롬의 지적입니다. 돈이 사랑을 가져올 수 없다는 사실을 안 백치 아다다는 손에 쥔 돈다발을 바다에 던져버리지 않습니까. 그러나 살아 있는 인간이란 언제 어디에서도 한 번 만들어진 이 상징물에 영원한 아첨꾼이 되지 않고는 살아가지 못합니다. 스스로의 손으로 감옥을 짓고 스스로가 그 감옥에 갇힌 수인이 되고 만 것입니다.

0(제로)에 대한 신뢰도 마찬가지입니다. 제로는 본래 수치의 단위가 아닙니다. 제로는 단순히 위치의 표시였습니다. 0마리의 소가 없고 0개의 사과가 없으니 물물교환 시대에는 0가 필요하지 않았고 0의 개념도 있을 리 없었습니다. 마이너스의 개념이 생기면서부터 제로의 개념이 생긴 것이니 실지로 마이너스란 물물교환 시대의 삶에는 불필요한 것이었다고 함이 옳습니다. 그렇다면 0는 순전히 대수학이라는 학문적 영역에만 해당하는 개념입니다. 물건을 사고 팔고 먹고 잠자는데 마이너스가 무슨 소용이 있습니까? 인류문명의 발상지인 이집트에서도 나일강의 범람으로 삼각주의 유실을 막기 위해 기하학이 발달했을 뿐 대수학의 종자 개념인 제로는 발명하지 않았다고 합니다. 그러나 현대 수학에서 차지하는 0의 의미는 다른 숫자에 비해 비교가 안 될 정도로 큽니다. 현대수학에서 마이너스와 제로가 없는 수학의 방정식을 생각할 수 없는 것은 그

런 이유가 아니겠습니까?

　돈 그리고 권세. 돈으로 권세를 산 사람이야 인류 역사상 헬 수도 없이 많지만 아마도 그 시초는 진시황의 의붓아버지인 여불위가 아닐까요? 『여씨춘추呂氏春秋』에는 이렇게 기술되어 있습니다.

　여불위(呂不韋?-B.C 235)는 본래 위나라 사람인데 나중에 한(韓)나라에서 장사를 하여 크게 돈을 번다. 여불위는 또 조(趙)나라의 도읍 한단에서도 장사를 하였는데 이 때 조나라에 잡혀온 진(秦)나라의 태자 자초(子楚)를 보고 그가 범상한 인물이 아님을 알아 그가 왕위를 계승하도록 도와주기로 결심한다. 당시 진나라의 안국군은 화양부인을 사랑하였지만 그 사이에는 자식이 없었다. 여불위는 화양부인에게 온갖 진기한 보물을 다 바쳐 그를 첩으로 삼은 뒤 자초를 왕위에 오르게 하는 데 성공한다. 자초가 장양왕이 되는데 장양왕은 화양부인에 반해 그를 왕비로 맞아 아들을 낳는다. 이가 곧 진시황이다. 장양왕이 죽고 일찍 왕이 된 시황 정(政)은 여불위를 계속 상국으로 앉혔다. 여불위는 낙양 땅 10만호를 소유하고 하간 땅 열 개의 성을 갈

취하였으며 전국(戰國)을 통일하는데 힘쓰고 봉건 중앙집권제를 건설하는 기틀을 마련하였으나 종국에는 시황의 눈에 나 촉 땅으로 유배당한 뒤 자살한다.

여불위에게서 밥을 빌어먹던 수많은 식객들이 그의 명을 받아 쓴 총 26편, 20만 자가 넘는 방대한 책이 『여씨춘추』입니다. 어찌 그 뿐입니까? 시카고에 가면 희대의 마약 밀거래자이자 갱 두목이었던 알 카포네의 기념관 '카포네 하우스'가 있습니다. 카포네 생시, 미국의 정치인들이 그에게 매수되지 않은 사람이 없을 정도로 그는 막강한 돈과 지하조직을 가지고 있었다고 합니다. 그런 어둠의 자식, 암흑가의 왕초를 미국인들은 기념관까지 지어서 추억하고 있다고 하니 기막힌 아이러니라 할 만하지 않습니까?

평론가 유종호 선생의 책, 『시란 무엇인가』(민음사, 2005) 에는 이런 이야기가 나옵니다.

조선총독부가 설치된 직후인 1910년 10월 7일, 일본 정부는 조선인 76명에게 작위를 수여하였다. (최고위 공작은 배제되고 후작 6명, 백작 3명, 자작 22명, 남작 45명인 바 작위와 별도로 2만 5천원에서 50만 4천원의 〈합방은사금〉이 지급되었다. 이완용은 백작이었으며 유길준 남작 등 8명은 작위를 거절 내지는 반납하였다) 이른바 합방에 협조했거나 필요하다고 생각한 인사에게 귀족의 지위와 함께 불로소득의 소비생활을 보장해 준 것이다. 이들 및 이들의 2세들이 현해탄 이쪽저쪽에서 유탕생활에 탐닉하였고 특히 가난한 유학생들의 노여움을 샀으리라는 것은 짐작하고도 남음이 있다.(26-27쪽)

그리고 이 책은 정지용의 시 「카페 프란스」에 나오는 '나는 자작의 아들도 아무 것도 아니란다 / 남달리 손이 희여서 슬프구나!' 라는 구절은 (정지용 자신은) 명문가의 후예도 부잣집 아들도 아니라고 중얼거리는 것이라 설명합니다. 그러니까 돈은 나라와 나라 사이, 심지어는 매국의 사례금으로까지 그 위력을 발휘하는 힘을 지닙니다. 옛날의 이야기를 할 것도 없습니다. 작금의 우리의 정치 현실에서도 그런 현상을 우리는 수도 없이 보고 있지 않습니까. 받으면서도 뻔뻔한 북과 주면서도 손을 비벼야 하는 남의 정치, 도대체 진위 여부를 알 수 없는 정치자금 등

돈! 우리가 일찍이 노래처럼 불러왔던 부자의 이름들, 포드나 록펠러 밴드빌트 오나시스 빌 게이츠 아니면 호남의 김성수 일가, 영남의 경주 최부자 일가, 이병철, 정주영……

돈이 세상을 지배할 때 그리고 돈이 인간의 가치를 대신할 때 돈과는 가장 대척적인 삶을 희구하는 사람들이 이 시대에도 있습니다. 시인입니다. 인간이 가장 흠모하고 숭앙하는 것이 돈이라지만, 많은 대상을 노래하면서도 돈을 가장 적게 노래한 사람이 또한 시인입니다. 우리 시에서도 바다와 산과 강과 하늘을 노래한 시가 수천 편에 달하지만 돈을 노래한 시는 손으로 꼽을 정도입니다. 유명 화가가 그린 그림이 한 점에 수억 혹은 수백억 원을 호가하고 유명 가인(歌人)이 연주한 음반이 수백만 장씩 팔리는 시대에도 시인의 시집은 판매 부수가 점점 줄어들고 시인은 돈을 주제로 시를 쓰는 작업을 의도적으로 피합니다. 그것은 순전히 가치의 척도입니다. 삶의 가치를 어디에 두느냐의 물음입니다. 시인이 반드시 돈을 싫어하는 것은 아니지만 시인은 물질적 가치를 가치 척도의 눈금 아래에 둡니다. 그것마저 포기한다면 시인이 설 자리가 어디 있겠습니까? 만약 돈을 많이 가진 시인이 있다고 한다면 그를 돈 많은 시인이라고 불러야 할 텐데 '돈 많은 시인'이라는 말은 그 말만으로도 시인을 모독하는 말로 들립니다. 서두의 인용 시 보들레르의 「이방인」을 보세요. 부모도 형제도 모른다고 말하고, 친구도 조국도 모른다고 말하는 시인이 미인만은 사랑한다고 말하고 황금은 증오한다고 말하지 않습니까. 돈이란 돈에 구애하는 사람에게는 귀중한 것이고 돈을 미워하는 사람에게는 증오의 대상이 됩니다. 어찌 보들레르뿐이겠습니까?

운동선수가 연봉 수십억 혹은 수백억을 받고 연예인이 또한 미증유의 연봉을 계약했다는 소문은 이 시대 시인들을 더욱 왜소하게 하는 일임에는 틀림이 없습니다. 그러나 그럴수록 시인들은 고슴도치처럼 몸을 사립니다. 침을 꼿꼿이 세우며 시인들은 시인이 희구하는 세계가 따로 있다고 차돌처럼 다짐합니다. 마치 별세계에서 온 사람이나 되는 것처럼.

세월이 흐를수록 대중문화의 힘은 강해지고 순수문화의 힘은 약화되는 시대에 나는 시인들이 모두 멀리하고 기피하는 소재인 '돈'에 대해서 한 편의 시를 썼습니다. 아마도 제가 돈에 대해서 시를 쓰게 된 일은 이번이 처음이 아닌가 합니다.

돈은 살아서 거지처럼 떠돌며

세상의 목마른 자를 희롱한다

장님도 귀머거리도 그에게 손 벌리며 허리 굽힌다

고집 센 돈은 아무리 전언해도 대답하지 않고

제 몸을 팔며 사며 하얀 가난같이 꽃핀다

저자에서는 쑥 미나리 돌미역 파래들도

몇 다발의 돈이 되어 팔려나간다

인플루엔자처럼 독감처럼 옮아 다니는 창녀여

돈이여

누구든 일생을 걸어 너의 문간에 닿아

비로소 편안과 일락을 얻는다고 굳게 믿지만

저 순금 햇빛이 그의 입김으로 더워진 적 없다

물소리가 그의 부름으로 노래한 적 없다

돌고 돌아서 돈이라 이름 했다는 익살 속에서

너와 내가 자리하고 누울 곳은 돈 아닌 온돌

수챗물과 거지의 손에서도 반짝이는 돈이여

너 없이도 튼튼한 저 상수리나무를 보라

너에게 구걸하지 않아도 아름다운

청호반새를 보라

「돈」 전문(미발표)

『시로 여는 세상』(2006년 겨울호)

파르나시앙의 저녁 산책

어찌 사탄을 미워만 할 것인가? 밀턴의 『실락원』

인류에게는 어느 시대에나 많이 읽히는 책이 있습니다. 이른바 베스트셀러입니다. 인류사상 가장 많이 읽힌 책은 무슨 책일까요? 말할 필요도 없이 『성경』입니다. 그러면서 문학 작품으로 많이 읽힌 책은 무엇일까요? 정확한 통계는 없지만 『실락원』이라고 말해도 좋을 것입니다. 18세기 영국에서는 셰익스피어를 능가한 책이 『실락원』이었다고 합니다. 그 내용이 성경을 기초로 하고 있어 성경의 이해 없이는 읽기가 힘들지만, 아마도 『Paradise Lost』혹은 『실락원』이라는 이름의 책을 모르는 사람은 없을 것입니다.

천사의 서열 가운데서 가장 높은 지위에 있던 사탄은, 신이 그 독생자 크리스트를 자기보다 높은 지위로 끌어올린다는 말을 듣고 분노하여 그를 따르던 많은 천사들을 거느리고 신에 반역하지만, 천사 미카엘과 가브리엘의 도움, 그리고 크리스트의 위력 앞에 무릎을 꿇고 결국 지옥으로 떨어집니다. 지옥에 떨어져서도 신에 복수할 날을 기다리는 사탄이 행복한 결혼생활을 하고 있는 '인간의 조상' 아담과 이브를 꼬입니다. 사탄의 유혹에 넘어가 타락의 길을 걷는 인간을 신은 꿰뚫어 보고 있지만, 스스로가 구제에 나서지 않고 독생자 크리스트를 인간 세계에 내려 보내 나락에 빠진 두 사람을 구제하고 마음에 희망을 안겨줍니다. 선악의 대결에서 선이 이기는 결말의 구조는 동서양 고전이 갖는 상례이지만, 밀턴은 사탄의 입을 통해 '지옥에서 다스리기가 천국에서 섬기는 것보다 훨씬 낫다'고 말함으로써 인간적인 고뇌와 욕망을 숨김없이 드러냅니다. 우리 가운데 누가 자신의 욕망을 쉽사리 초극할 수 있단 말입니까? 그런 점에서 사탄은 욕망을 가진 인간의 전형이 됩니다.

1660년대, 영국의 왕정은 심히 문란했고, 이를 바로잡기 위해 청교도들이 중심이 되어 찰스1세의 왕정을 무너뜨리고 청교도혁명을 일으킵니다. 혁명의 중심이었던 크롬웰이 정권을 잡고 아일랜드와 스코틀랜드를 정벌하고 네덜란드와 싸워 자본주의의 기초를 수립하였으나 크롬웰의 정치가 찰스 왕정보다 더 억압적이어서 국민의 힘에 의해 크롬웰 역시 처형당하고 다시 찰스 2세가 등극하는 정변이 일어납니다. 이를 역사에서는 '왕정복고'라 합니다. 밀턴은 청교도이자 열렬한 크롬웰 숭배자로서 청교도혁명에 참가하였고 크롬웰의 비서가 되었으나 왕정복고가 되자 정치적 자유를 잃었고, 거기다 아내를 잃고 실명(失明)까지 합니다. 그때부터 밀턴은 장님이 된 채 딸에게 구술(口述)하여 불후의 명작 『실락원』을 쓰고 이어서 『복락원』을 씁니다. 아마도 그는 크롬웰의 집권이 연장되고 정치적으로 성공했다면, 인구에 회자되는 이 같은 위대한 작품을 남기지 못하였을지도 모릅니다. 그런 점, 명작은 역경 속에서 나온다는 말이 옳은 말인 것 같습니다.

신이 있고 인간이 있다. 사탄이 있고 아담과 이브가 있다. 거기에 필연적으로 놓여있는 선과 악의 대결이 있다. 선을 따를 것이냐 악을 따를 것이냐, 인간이여 판단하라.

그것을 사탄과 아담의 대결구조를 가진 한 작품으로 말하고자 한 것이 밀턴의 의도였겠지만, 우리는 너무도 인간적인 고뇌와 욕망을 드러낸 사탄을 악으로만 몰아붙여 미워할 수만은 없음을 이 작품을 통해 다시 한 번 되새기게 됩니다. 이 작품이 윌리엄 블레이크의 시적 상상력에 큰 감

명을 주어 영국 낭만주의의 도래에 영향을 준 점, 또한 잊

어서는 안 됩니다

「문학 속의 인물기행」(월간 에세이 1996년)

작품 색인

이 책에는 이런 작품들이 함께 합니다.

책갈피에 내리는 저녁

초판 1쇄 인쇄 2024년 2월 27일
초판 1쇄 발행 2024년 2월 29일

지은이 이기철
펴낸이 김재광
펴낸곳 솔과학
편 집 다락방
영 업 최회선
디자인 miro1970@hotmail.com
등 록 제02-140호 1997년 9월 22일
주 소 서울특별시 마포구 독막로 295번지 302호(염리동 삼부골든타워)
전 화 02)714-8655
팩 스 02)711-4656
E-mail solkwahak@hanmail.net

ISBN 979-11-92404-75-2 03810

ⓒ 솔과학, 2024
값 15,000원